沈煜伦

著

C^S 湖南文艺出版社
PUBLISHING & MEDIA HUNAN LITERATURE AND ART PUBLISHING HOUSE

博集天卷
CS-BOOKY

我回来了，
我知道你肯定
又在骂我固执，
但眼下
发生的一切，
都不是我们
所能料及到的，
今晚你且当看戏。

序

难道是场大梦，我正慢慢醒过来。

我攥着手机，周围的一切风吹草动开始变得让我更加敏感，我恨死了这样的感觉，但是又在这种期待中变得越来越享受，越来越疯癫。

那种近乎痴迷的人生体验又能出现几次呢？如若出现，又能持续多久？

当我在现实生活中感到乐此不疲或者困乏倦怠的时候，一种无形的力量总会将我瞬间带入另一个空间。

无从抵抗的，逆来顺受的。

掐一下自己，却总是会忽略痛楚，继续在逆流中奋力挣扎。

命运，从伴随我出生的那天起，就注定了被各种篡改和琢磨。而无论我选择接受或者反抗，最后总是会被晦暗的洪流卷入其中。

无法控制的，没有结果的。

有很多事情开始的时候便注定没有结局，过程不悦，崎岖坎坷，却依然逆流而上，麻木不仁。

最后都是一夕消失不见。

但，这不就是我的人生吗？

这是我任性的品格注定会造就命运。

对，就是我。

对所有的事情都顺其自然，却又奋力争取着。

早年创业，最好的时候我在同一座城市拓展了三家分公司，员工近百人，成为行业佼佼者。

几年后，我把积攒的所有资金投入到了美妆行业，从英国引进最优质的配方，跟国内最大的OEM加工厂合作，创立了美妆护肤品牌"柯恩世家"。

我的经商经验加上肯尼天生对护肤及美妆的天赋，柯恩世家崭露头角的第一年，成功跃身成了国产美妆行业的佼佼者，它像极了我们两个，骄傲、努力、自信。

而我因为柯恩世家，经常需要穿梭于英国和中国两地之间，却也因此结识了新的朋友，偶然进入了新能源行业，也正是这个新行业，让我的资产在短时间内翻了几番。

2015年8月，我的第一本半自传体的书诞生，书里整理收集了我自己以及身边朋友的故事，最后，我给了它用了一个特别符合我性格的名字——《爱是一种微妙的滋养》。

这本书就像我的孩子，一举夺下了当年的各大畅销书榜首，为我带来了无数殊荣和机遇。

我是作家圈里最不像作家的人。关于这一点，我与所有人基本达成共识。

可那又如何呢？

华丽的转身后，肯尼重新进入了新的领域，他化身编剧，陆续接到各大剧组的邀请，邀其创作剧本。

随着云端文化传媒诞生，第一个月便顺利接下了两部国产大剧的邀请，短时间成为行业内的一匹黑马。

而这匹黑马的主人，又是两个大家都熟悉的人。

沈煜伦和沈肯尼。

2016年8月，大约就是这本书要上市的时间，我在伦敦创立并以英国命名的服装品牌"UK"就要登陆中国了。这对我而言，又是一个充满了机遇和挑战的新领域。

我在伦敦聘请了最专业的模特和服装设计团队，不惜重金打造一个新的帝国。

我就是习惯了这样的生活，在不断地事业冲击和成功的喜悦中收获满足感，我享受重压被释放后的张扬，热衷站在舞台上指点江山的凛冽感，这就是我。

而这些，在我二十一岁的时候，我就已经很清晰地明白了。

我从来不觉得人生会迷茫，之前看到有人写道："谁的青春不迷茫？牛×的人青春不迷茫。"

说得多好。

我从来不觉得自己有什么与生俱来的天赋，当然，在一定程度上，这也是充满了谦虚的成分。

但是不可否认的是，我比大部分人懂得如何通过合理的规划和足量的努力，一步一步地来实现自己的目标。

所以当我的成绩被很多人贴上颜值标签的时候，我会用更多的成功告诉他们：那些所谓的偶然，都是必然。

所以，在这本新书里，你看不到任何一句鸡汤，因为最好的鸡汤，一定是你自己煲的。

少看点小清新的鸡汤，有益于身心健康。

最后，

感谢你，继《爱是一种微妙的滋养》后，再一次走进我的生命。

请你相信我，有一天，你一定会遇到书中的我。

因为这本书里面每一个我，都会变成最好的你。

第 二 幕

沈子渊

无镜无相亦无德，难为沧海尽红尘。
崇华子渊散正气，百花更待何时归？

QUIN

当你决定了，一切便不可折返，从今天起，你将永葆青春，永生不死，一辈子做我的仆人。

嘿！过得还好吗？

第 四 幕

沈煜伦

第 一 幕

沈仲龙

我回来了，我知道你肯定又在骂我固执，

但眼下发生的一切，都不是我们所能料及的，

今晚你且当看戏。

瑞锦祥 | 屠城 | 有阪香月 | 飞燕草

晚宴 | 胭脂

瑞锦祥

我拖着两个大皮箱从南京坐了三天火车来到山东，投奔开绸缎庄的老乡。

这一年，我叫沈仲龙，是个账房先生，时年十七岁。

下了火车，老张已经提前在站台等我，我在人群中一眼就看到了那顶深灰色的瓜皮小帽，还有他那副账房先生独有的圆框眼镜。我正想着他能否认出我的时候，就看他一溜小跑来到我身边，边寒暄边接过我手里的大箱子。

"沈先生，旅途劳顿、旅途劳顿，这一路是否顺利？"他被两个箱子坠得直不起身，边小跑着边回头笑着问我。

"顺利、顺利，就是美军炸坏了铁路边的工厂，火车耽搁了不少时间。"说罢，我伸手上去抢过他手里的一个箱子，"老张，箱子太重，我自己拿。"

{ 005 }

第一幕　沈仲龙

"您瞧您这话儿说的，您是客人，是我们少奶奶的同学，哪能让您干这种粗活儿！哟！沈先生这箱子好生一股暗香啊！是随身带了什么香料吧？"他一把又夺回去，呵呵笑着冲站台街口的马车跑去。

"哪里哪里，随身带的香囊。"我拗不过他，跟在他身后，看着行色匆匆的人群，不禁加快了脚步。

"沈先生，要委屈您了，家里这几年不像从前，这战乱弄得民不聊生，档口的生意越来越不好。这是我们少奶奶自个儿出行的时候用的马车，只能用这个来接您了！"老张边说边掀开马车的帘子。

马车虽旧，内饰倒也精致，暗荷色的衬布上面绣着几只鸬鹚，座位上面垫了"瑞锦祥"绸缎庄的布匹。

"哪里话，我这是落魄来逃难的，少奶奶能收留我，我就已经很感激了！"我双手连忙摆着，说罢一手抓住轿篷，身子一弓，坐了进去。

老张呵呵笑着放下布帘，轻轻跃上马车。"沈先生，您坐好喽，我们这就上路了。驾！"说话儿间的工夫，老张马鞭一挥，我感觉马车一边颠着一边跑起来。

我掀开窗帘，环顾着这个熟悉得不能再熟悉的城市，却没有看到任何熟悉的画面。

在路上跑了约莫半个多时辰，马车停在了"瑞锦祥"的门口，我一眼看到了守在门口的秋槿。

她见我从马车上下来，开心地跑过来。

"仲龙，这么多年了，你还是跟个玉面书生一样啊！哈哈！"秋槿开心地笑着，跟当年上学那会儿一样。

我双手握在一起，给她作了一个揖。"秋少奶奶，小沈这厢有礼了！"说罢，我身子没动，抬起眼睛瞅着她。

"你这小子，还和以前一样没个样儿。快快快，快进屋！老张，你把行李给沈先生送去客房，然后叫英子和她爸爸赶紧回来！就说沈先生到了！"她招呼着老张，然后把我让进了屋里。

进了门堂，我环顾这座大宅子，进门的牌坊是用青石板没有间隙地堆砌成的，绕过牌坊就是中庭的天井，院中放置着一口金铜大缸，门廊环顾四周，暗褐色的红漆大柱显得格外气派。

"少奶奶，你这日子过得太滋润了吧！"我扭头一脸错愕地看着她。

{ 007 }

第一幕　沈仲龙

　　已经自顾自走进中堂客厅的她听到我说话，又折了回来。"这是祖上留下来的祖屋，前厅是绸庄的档口，英子和他爸平时看店，我也就打理一下家里，日子说清闲也清闲。来来来，舟车劳顿的，先进屋坐下喝口热茶。"

　　进屋前我抖了抖棉袍上面的灰尘，被秋槿笑话我像个教书先生。

　　"这么多年不见了，收到你的信我都不敢相信自己的眼睛。"秋槿一边给我倒茶一边说。

　　"军阀让蒋介石赶跑了，想着能消停一点，军阀一来就杀了好多洋人，教会的人也不放过，洋人一生气，直接用大炮轰了南京，死了好多人。"我呷了口茶，用手给她比画着。

　　"听说蒋介石开始清党了，有这回事吗？"秋槿神色紧张地问我。

　　我又呷了一口茶，放下杯子说："政局不稳，说不准啊，吃苦受难的是老百姓。小日本现在想把内蒙古和东北弄出去，听说军队也增加了将近一倍。"

　　"唉，这内忧外患的，什么时候可以过点消停的日子！"秋槿叹着气看向院子。

{ 009 }

第一幕　沈仲龙

"他们小日本儿的日子也不好过，我有一个在日本留学的同学告诉我，现在日本有好多工厂和企业都倒闭了，他们那个昭和天皇上台以后就闹金融危机了。"我摇着头掸了掸棉袍。

"活该，这群小日本儿。"秋槿有点生气。

说话间院子里跑进来一个全身素衣的小姑娘，五六岁，古灵精怪的大眼睛一闪一闪的。

"来，英子，这是从南京来的沈先生，叫沈叔叔，快！"秋槿一把揽住这个小姑娘，拿起她的小手指向我。

"叔叔……"英子叫完腼腆地跑到秋槿身后，露出半张鬼机灵的小脸看着我。

"这丫头，见到陌生人就害羞！教了多少次了，哈哈！"院子里传来一个男人的笑声。

秋槿连忙跟我示意："来来，仲龙，这是英子的爸爸，张含之。"

一个身着紫袍的男人从天井另一边拐过来，边走边抬起手迎接我。

"仲龙兄，整天听秋槿提起你，今日一见名不虚传，果真是位玉面书生啊哈哈！快坐下快坐下！"张兄赶忙把我让在座位上。

"张兄，这外面兵荒马乱的，这个时候来给你和秋槿添麻烦，实在不忍。但我也是实在没有去处了，才想起来投奔你们。"我双手抱拳，不好意思地摇了摇头。

"哪里话，你和秋槿是同学，又是老乡。这个年月，不就是讲个互相帮衬吗！你就在这里好好住着，什么也不用想，想住多久就住多久！"张含之为人爽快，我连忙起身作揖感谢。

"爸爸，沈叔叔好香！"英子跑到张含之身边拽着他的衣角，又指了指我的衣服。

"哈哈，走得急，临行前又替老板把南京的香料店打扫了一遍，这在店里待久了自然染上了香味，见笑见笑！"我不好意思地低下头，摇着头笑。

"瞧你忙的，一身灰，进屋洗个澡换身衣服。含之，你找两件好点的衣服，给仲龙拿过去换上。我先去档口看着生意，晚上我们好好聊聊。"秋槿说完就走出了客厅。

换好衣服，我跟着张含之来到绸缎庄的档口。

四方的档口在北方非常常见，屋顶建得极高，两根红漆大柱支撑住

{ 011 }

第一幕　沈仲龙

房梁，两排二十多尺见方的柜台，上面密密麻麻叠摞着各式花色的布匹，中间一块黑漆大匾，端端正正地写着"瑞锦祥"三个大字。

"好生气派的绸缎庄啊！"我不禁感叹。

"我们这'瑞锦祥'红红火火上百年了，都是家里祖传下来的生意，靠诚信经营，也算得上这济南城里数一数二的绸缎庄了！"张含之的手划过柜台，目光最后落在匾上的"瑞锦祥"三个字上。"只是这年头，生意越来越清淡，老百姓饭也顾不上了，谁还天天做衣服。"

张含之摇摇头，走到柜台后面，开始整理布匹。

"你可能还不知道吧，济南现在是张宗昌的天下。"秋槿看了我一眼，停下手里的算盘。

"就是那个人称狗肉将军的张宗昌？"我问秋槿。

"恩，这个王八蛋自从来了山东，就生了不少事儿。他看咱们山东有钱，就用咱们老百姓的血汗钱扩充自己的队伍，去年洋人纱厂的工人集体罢工，最后死了好几万多人，手段那叫一个残忍啊！"秋槿叹着气说。

"女人来了月经也不能休息，生过孩子的就不能回去工作了，而且

不能休息。"张含之说。

"压榨百姓，军阀和小日本沆瀣一气，什么世道！"我气愤地一屁股坐在椅子上。

那一年，日本大举扩张在华阵营，意图加强在整个中国华北地区的军事势力。那个时候蒋介石的北伐军刚刚攻入山东，小日本便于同年派了几个师团在山东青岛登陆，美其名曰是"保护帝国臣民"，实则已将魔爪深入山东半岛地界。

转眼到了晚饭时间，秋槿和张含之准备了一顿丰盛的晚宴，说是为我接风洗尘。

"战乱年月能吃到这么丰盛的饭菜，仲龙愧不敢当啊！"我坐下后看着满桌的饭菜感动不已。

张含之招呼秋槿和英子坐下，拿起酒壶给我倒了一杯酒，我赶忙双手作揖表示感谢。

坐定，我从怀中掏出一个淡紫色荷包，上面绣着黄栌叶，衬着荷包的底色，红彤彤的飘满了晚霞一般。

{ 015 }

第一幕　沈仲龙

"秋槿同学，"我笑着双手奉上手里的荷包，"上学那会儿就知道你喜欢这些东西。这不，临行前在香料店给你捎的，虽然不成敬意，但还是希望你收下！"

秋槿惊喜地放下正在给英子夹菜的筷子，拿出手绢把手反复擦了几遍，赶紧接过去凑在鼻尖闻了闻。"哎哟，好香啊，里面是什么香？"

"是鸢尾花，这是从日本运来的上好香料，记得上学那会儿你的肠胃不是特别好，这鸢尾花有消炎和祛风利湿的功效，佩戴在身上可以调理一下身子。"我像个说书先生一样边说边比画。

英子的小手一下子夺过去，拿在鼻子上使劲闻了几下。"妈妈，妈妈，好香啊，就是白天叔叔身上的味道呢！"

秋槿和张含之哈哈笑着，张含之举起了手里的酒杯。

"沈兄，"张含之顿了顿说，"实不相瞒，这些日子档口经营不善，很多家丁都被遣散了，着实养不起这么多的人。今天在火车站接你的老张，做完这个月也要回山西老家了，往后档口就只剩下我和秋槿两个人了，日子难过啊！"张含之说着，开始有了一点伤感。

"仲龙，我今天这顿饭，也算是有求与你了。"张含之说罢便抬头看向我。

我放下手里的酒杯说："张兄，承蒙危难之时你和秋槿对我的接济，有话不妨直说。"

"实不相瞒，英子非我和秋槿所生，而是我与前夫人所生。夫人离世多年后，我偶然间认识了秋槿，她一直待英子视若己出，如今母女情深，我深感欣慰。但眼下大局不定，日本人觊觎整个山东和华东地区，我担心哪天战争一起，会危及他们母子和这绸缎庄。若真有那一日，我希望你可以替我保护她们母女逃离此地，这档口是我祖上传下来的，家父生前再三嘱咐，店在人在，永远不能弃店而去啊……"张含之说完便喝下了一杯酒，抹了一把泪。

"你看看你，又说丧气话，无论后事如何，我们娘俩儿一定和你一起死守档口！"秋槿赌气地打了一下张含之，拿起身边的手帕递给他。

当年，秋槿求学归来不久，父亲因得罪地方军阀被处以绞刑，偌大的家业被瓜分得四分五裂，其母因伤心过度，没过多久便离开了人世。自此，家道中落，伤心欲绝的秋槿离开祖业，一个人做起了英文老师。后来在市集被巡逻兵调戏，幸好被路过的张含之机智救下，用银子摆平

{ 017 }

第一幕　沈仲龙

了整件事。秋槿对张含之心生感激，义务做起了英子的英文老师，后来两人互生情愫，重新组成了家庭。

我拿起酒壶给张含之斟了一杯酒，然后又给秋槿倒满，自己举起手里的酒杯。"张兄，秋槿，我仲龙这么多年来一直四海为家，在南京久居却不想被战事所迫，不得不离开。而今二位在危难之际收留了我，我沈仲龙心存感激！无论今后世道如何，我定与二人同进退！"说罢，我一口干了杯子里的酒。

张含之又抹了一把眼泪，看着举起酒杯的秋槿，二人将杯中酒一饮而尽。

打那天起，张家的家丁开始四散，张含之把家中财产分成了四份，其中两份分给了追随多年的家丁，剩下一半留给家人以备不时之需。

时光荏苒，转眼又是两年。

我正式在"瑞锦祥"做起了账房先生，每天除了绸缎庄的生意，我还做起了英子的算术老师。这小家伙跟她爸爸一样聪明，小小年纪便精通算术，每天不是缠着秋槿就是围着我转，对我的称呼也从"沈叔叔"

变成了"龙叔"。

"瑞锦祥"的生意在张含之和秋槿的悉心打理下，逐渐有了起色，平日无事可忙的时候，我便在店里做一些香囊来售卖，一方面增加店里的收入，另一方面不想搁下自己这么多年的香料经验。之前虽为账房先生，但日日与各种上等香料打交道，久而久之便精通于各种香料的混合和搭配。这济南城之前从未出现过调香之人，我这荷包一在市面上售卖，生意倒也红火，张含之和秋槿有的时候也来帮忙，二人缝荷包我来添香料，店里的生意日渐红火。

屠城

"乓！"一声枪响划破了济南城。

门被急急忙忙跑进来的张含之撞开，他放下怀里抱着的两包糕点，慌忙倒了一杯水，咕咚咕咚两下，总算顺过气来，坐在凳子上大喘着粗气。

"张兄，怎么了？"我放下手里的账本，连忙走过去问。

秋槿闻声跑来，谨慎地跑到门外四处张望了一下，远处喊着口号跑来一队日本兵，秋槿赶紧把门关上。

"怎么了，发生什么事儿了？"秋槿双手搭在张含之肩上，用手帕帮他擦了擦汗，焦急地看着他。

"今天……今天早上……"张含之依然喘着粗气说，"今天早上，我去纬十一路的食品厂给英子买糕点，刚刚走出来没多远，就听身后乓的一声枪响。我赶忙回头一看，那个人就在我不远的地方倒下了，头都

{ 021 }

第一幕　沈仲龙

被打穿了。没有王法啊，太可怕了！"张含之说着绝望地哭了起来，哭着哭着喘得更厉害了。

我吩咐英子把柜子后面的迷迭花粉拿出来，捻了一些在灯油里，房间顿时花香四溢。

"张兄，你这哮喘多年不犯了，我这特别为你准备的迷迭花快都没有用武之地了。"我把花粉燃烧后逼出来的香气用手护到他的鼻尖，帮他顺气。

秋槿赶紧帮他捋了捋胸口："好端端的，怎么还杀人了？是小日本儿杀的？"

"就是他妈的小日本儿杀的！日本兵现在占领了济南的商埠，说是要保护我们，谁不知道他们是要占领我们的地盘！还好我跑得快，要不然倒下的就是我了！"张含之红着眼睛咒骂。

"小点声，张兄。"我走到门口向街上张望了一下，对面的店铺都关门了，估计都是被刚才的枪声吓到了。"这奉系军都进了咱济南城了，不是说要保护外侨吗？怎么小日本儿也还需要保护？而且商埠也不属于他们的范围啊？"我纳闷儿地问。

"还不是怪张宗昌那个王八蛋！他怕蒋介石攻进济南，自己跑到青岛去把小日本儿给找来了，他以为他搬来了救兵。日本人是什么人啊，那是一群狼，怎可能会帮助他对付国民革命军？他们表面上答应了帮助张宗昌保护地盘，其实什么都不干！而且他们要求张宗昌把青岛、济南、龙口和烟台这些地方交给他们来保护，我去他娘的保护！我们中国的地盘还用他们小日本儿保护？！现在张宗昌吓得魂儿都没了，国民革命军也来了，小日本儿也来了，他夹着尾巴带着他的姨太太们跑到日本去了，我们可苦了！"张含之边说边把桌子拍地啪啪响。

"我听外面的人说，蒋介石来了以后，发现日本人到处划分租界、修防御，已经开始和他们谈判了。"秋槿坐在张含之身边，给他又倒了一杯水。

果然，事发当晚，蒋介石派蔡公时去日本驻济南总司令部谈判，第二天日本人就撤走了所有警戒防御。

一大早，昨天的一切似乎都没有发生过，街上熙熙攘攘的行人冲淡了我的睡意，因为小日本儿乱杀人的事搞得我一夜没睡，张含之和秋槿想必睡得也不好，两个人看起来都没精打采的。

第一幕　沈仲龙

　　还没等我们铺门全打开，"锵锵锵"的锣声震耳欲聋地在大街小巷响起来。"日本人又杀人啦，日本人又杀人啦！"报童满大街边喊边跑，吓得店面关的关，行人跑的跑，街道顿时一片狼藉。张含之赶紧把铺门板重新装上，猫着身子趴在窗户边观察动静。

　　没过多久，就听见隔壁街乒乒乓乓的枪声四起，军队第一个出现在了街口，明显毫无防备的军队被小日本儿打得连连败退，最后退到了战时躲避用的战壕后面，拼死抵抗。

　　"好端端的怎么打上了？"秋槿抱着英子，躲在柜台后面害怕地问。

　　我打了一个小声的手势给她，示意她不要出声："嘘，死人了。"

　　远处的几个中国士兵拖着几个浑身是血的同僚开始后退，小日本儿的部队越聚越多，明显是有备而来。

　　枪声整整响了一个上午，下午的时候逐渐消失。

　　军队一时间伤亡惨重，国民革命军两个师临危受命、拼死抵抗，终于把小日本儿的气焰灭了下去。蒋介石派人跟日本谈判，小日本表面上跟他说停战，其实毫无退步之意。这次蔡公时去谈判，非但无功，同行的数人连带他自己都成了日本人的刀下鬼。

最终，蒋介石的"顾全大局"激起了全城民愤，军队和百姓组成了临时军民部队，在几个爱国将领的带领下，用散点包围战术击退了嚣张的日本鬼子。

蒋介石紧急发布密令，让所有军队立刻撤离济南。

军队一夜间撤光。

部队撤退后的清早，日本人挨家挨户开始搜查遗留下的临时军民部队。

我睡眼惺忪的被急促的砸门声惊醒，连忙穿好衣服，没等我跑到档口，迎面就撞上了拿着刺刀的日本兵。他对我屋里哇啦哇啦大喊着"八格牙鲁"，提溜着我的衣领就把我拽到了档口。原来张含之、秋槿和英子早已经被拽出来了，他们背对着我跪在冲着门的位置，旁边站了三四个日本兵，用刺刀对着他们正在盘问什么。看这架势，像是在找什么东西或者什么人，英子在秋槿怀里一直小声抽泣，小手攥得像个小沙包。

{ 025 }

第一幕　沈仲龙

"官爷，这一大清早的，我们这绸缎庄还要做生意，我这里有些茶水钱，您和各位官爷去吃个早茶。"张含之从怀里掏出一些纸币，半跪着塞给旁边一个鬼子。

"八格牙鲁！" 鬼子猛地抬起刺刀，用刀柄重重地砸了张含之的脑袋一下，张含之应声倒地，鲜血从额头渗出来。

"平白无故地打人，有没有王法了！"秋槿赶紧上前抱起张含之的头，用手绢给他擦掉渗出来的血。

鬼子捡起地上的钱，咯咯笑着塞进口袋，继续用刺刀指着我们。

约莫搜索了个把时辰，家里被翻了一个底儿掉，鬼子从我的房间把那两个大皮箱提了出来，摔在我的面前。

"打开它！"鬼子大声吼着，然后目光扫射着我们，意思是这是谁的箱子，里面是什么东西。

我连忙笑呵呵地半蹲下来。"官爷、官爷，这是我的箱子，里面都是一些烂衣服，没什么好看的。"我指着身上衣服的破洞，再指了指箱子。

鬼子哼哼地笑着，意思是我在坑他，我赶紧赔着笑脸点头，没想到

{ 027 }

第一幕　沈仲龙

这小鬼子回头就给了箱子一刺刀，重重地插了进去。

"哎哟，官爷，您看您，您这是干什么啊！"我蹲在箱子边心疼地叫着。

"打开它！"鬼子从门口叫来了汉奸翻译，他一进来就冲我嚷嚷。

我轻轻拍了一下鬼子的刺刀，那家伙把刀抽了回去，用刀背回敬了我的肩膀一下，我被打了一个趔趄。

我把箱子往前推了一步，轻轻解开上面的皮扣，鬼子们好奇地围上来，好奇这两个大箱子里究竟是什么。

解完皮扣，我轻咳了一声，代表我要开箱了。我把箱子盖轻轻打开。

浓重的香气瞬间弥漫整个"瑞锦祥"，鬼子们窸窸窣窣地议论着，应该是感叹这股奇香到底来自什么。

里面是一包包的纸袋，被牛皮纸和纸绳一个一个捆在一起，像一包包的中药。

"这是什么的干活？"其中一个鬼子恶狠狠地指着箱子里的东西问我。

我慢悠悠地解开其中的一根纸绳，打开牛皮纸，顺手捏起一股粉末放在手心，然后冲着问我的鬼子吹了出去。

"八格牙鲁！"鬼子吓得连连后退，但不出三秒钟，他就兴奋异常地走过来，抓着汉奸翻译的耳朵念叨了几句话。

汉奸翻译一个劲儿地嗨、嗨、嗨了半天，然后趾高气昂地走到我身边，指着我手里的粉末问我："皇军让我问你，你吹的是什么东西，他从来没闻过这么香的东西，而且闻了以后全身都舒服。"

我小心翼翼地合上纸包，不紧不慢地重新用纸绳扎好，放回箱子里。

"官爷，这是雾凇香，专门用来调节情绪舒缓神经的。古时候可都是在宫里给娘娘们安神用的，闻了以后是不是感觉很放松啊？" 我瞧都没瞧这个狗汉奸，把头偏过去问刚才的那个鬼子。

汉奸翻译赶紧凑到鬼子的耳朵边咬起了耳根，半晌后指着身边的两个鬼子，"八格牙鲁，抬走的干活！"

"欸？官爷，咱们有话好好说，这雾凇香可是上好的香料，价值不菲，您这直接拿走了，我们百姓以后可怎么维持生计啊？"我上前按住箱子，摆出一副威武不屈的样子。

{ 029 }

第一幕　沈仲龙

汉奸翻译上来就给了我一脚，把我踹了一个跟头，然后把箱子盖扣住，命令两个鬼子抬了出去。

我正要上前拦下，秋槿和张含之赶紧按住我，小声告诉我别跟他们争了，我们惹不起。

我摆出一副作罢的表情，不再争抢。

箱子被抬上车，估计鬼子也没找到什么其他想要的东西，又砸了几件店里的陈设，骂骂咧咧地收了队伍，扬长而去。

秋槿赶紧把店铺的门板一块一块堵上，吩咐英子回房间，然后拉着我和张含之坐下。

"这小鬼子不会善罢甘休的，我听说他们挨家挨户转，已经抓起来好多人了。"秋槿焦急地喊着。

"这段时间还是要小心，尽量少出门，生意能不做就不做了。"张含之摇着头，自己倒了一杯茶。"沈兄，你这箱子里是什么，从来没见你打开过。还有，那鬼子闻了一下怎么表情都变了？"张含之喝了一口茶，咂巴咂巴嘴问我。

"是啊，一群大老爷们儿拿你的香料干什么用啊！"秋槿也好奇地问我。

我摇了摇头，把身边的油灯点着。

"大白天的，你点灯干什么？"张含之问。

"我把刚才的香气散一下，这油灯有稀释香料的作用。"我盯着油灯说。"张兄，秋槿，那不是香料，也不是什么雾淞香。那是当年日本进贡用的鼠尾草粉末，我在里面加了醉仙桃花和闹羊花，是有毒的。"我把目光转向他们。

张含之听罢，嘴里的茶噗的一声喷了一地，赶紧坐了坐直身子，秋槿更是紧张地站了起来。

"你们别急，听我慢慢说。"我挥挥手示意秋槿坐下，"这日本进贡的鼠尾草，毒性含量相当高，鼠尾草本身就可以镇静安神，达到一定用量还可以麻痹神经。我在里面又加了两味药，这闹羊花可以让人闻后心跳下降，严重的就会呼吸困难。而醉仙桃花一旦吸入体内，轻则会出现幻觉、面红，重则意识模糊，呼吸困难甚至昏迷不醒。"

张含之和秋槿听后用更加匪夷所思的陌生眼光看着我。

"你们别误会，这是每一个调香师都懂的东西，只是这战乱年月

{ 031 }

第一幕　沈仲龙

的，很难有人可以同时凑齐这几样东西。"我摆摆手，疏导着他们的情绪，"既然我都说到这里了，我就跟你们两个说了吧。我之前确实在香料店工作，老板就是我师傅，他早年间一直在宫里当差，负责给宫里的娘娘们调香治香。这在深宫待久了，各种后宫争宠也就不陌生，后来自然催生了这些个歪路子的香料和用法。如今这小日本儿自己带走了这些毒香料，那就让他们自己去享受吧。"我呷了一口茶，抬头看着他俩。

张含之和秋槿还是愣在原地。半晌，张含之说："沈兄，你从来了咱'瑞锦祥'就一直卖着香囊，我和秋槿还一直感叹你能补贴家用。没想到这里面还有这么多故事，如今才想明白，你当年塞给英子他娘的香囊，给我治哮喘的迷迭花，都是你的看家本事啊！太让人佩服了！"他红着脸和秋槿互相点头，感激地看着我。

"哪里的话，都是雕虫小技，人在江湖走的，没有个一两下子傍身怎么能活下去？咱们一家人不讲这些客套话，能挺过这一关再说吧。唉……"说罢，我又看向了院子里逗鱼的英子。

晌午刚过，熙熙攘攘的人群冲淡了清早的一顿搜查，街上的店铺陆续开张，张含之也打开了门，开始擦拭布匹上的浮灰。秋槿在柜面上握着英子的手，教她写毛笔字。

我拿出上个月的账本，刚刚抬手放在算盘上，迎面冲进店里几个鬼子，不由分说，抓起张含之就往门外拖。

秋槿见状，把英子往柜面后面一藏，赶紧跑上去拽住鬼子，不停地喊着为什么抓人，为什么抓人。

我赶紧跑上去，结果鬼子把我一脚踹在地上。我拉住秋槿，眼睁睁地看着他们把张含之押上了车。车上面有很多人，都是男人，而且都是壮丁。

我回头安抚了一下秋槿，让她赶紧把店门关了，然后带着英子进屋躲起来，转身便朝着车开走的方向追了过去。

我一路跑，一路有人加入我，都是家里被抓了人的。我随着众人一直追到顺城街，"嗒嗒嗒"的机关枪声和人哀号的声音不断传入我耳中，我刚拐过街口，眼前的一幕着实把我吓了回来。

尸体，遍地都是尸体，看不到一个活人。

鬼子们踏在尸体上，还时不时用手里的刺刀扎向已经倒下的人。他

{ 033 }

第一幕　沈仲龙

们是在检查有没有活口。

我绝望地抱着脑袋蹲在地上，闷声哭不出来，感觉胸腔快要爆炸一般，直到我身边的人把我拖拽到旁边的店里，我才失声痛哭了出来。

太阳下山，鬼子的枪声逐渐停了，我拖着早已经没有了灵魂的身子，跟跟跄跄地游走在顺城街上，放眼望不到头的尸体，没有一个活口。

我甚至看不到地面本来的样子，只好踏在尸体上摸索。

"张含之，张兄，你在哪儿？！"我用手擦着眼泪，模糊着眼睛找着他，可是尸体实在太多，我找不到他。

夜深了，我拖着疲惫的身子回到"瑞锦祥"，远远就看到秋槿在门口焦急地等着。

她看到我回来了，迎面跑了上来，可是跑到一半她又站住了，因为她没有看到我身边有张含之的影子。

"仲龙，含之呢？"秋槿双手扯着手帕，快要把它撕碎了。

"秋槿，进屋吧。"我抬不起头看她，用手背拱了一下门的方向，

第一幕　沈仲龙

秋槿赶忙上来扶我进了"瑞锦祥"。

我没有告诉她我看到了什么。我只说，鬼子杀了很多人，但我没有看到张含之，很有可能他们把张含之抓进监狱了，让她不要着急，我明天会去里面贿赂几个鬼子，打听一下情况。

秋槿含着泪点头，英子在一边不敢说话。

秋槿和英子回屋后，我一个人呆坐在"瑞锦祥"里，注视着那块漆黑的大匾。

"我们这'瑞锦祥'红红火火上百年了，都是家里祖传下来的生意，靠诚信经营，也算得上这济南城里数一数二的绸缎庄了……"

我仿佛看到张含之站在我前面，指着匾额向我介绍他的祖业。

"张兄……"我咬着牙憋住眼泪，一拳头重重地砸在桌子上。

军队的一夜撤退，让日本人的嚣张气焰再次复燃。日本军队为了显示"大日本帝国军威"，在整个济南城烧杀、奸淫、掳掠，无恶不作，一时间血流成河，尸体被残忍地解剖、凌辱，尸横遍野，惨不忍睹。

有阪香月

————

　　第二天一早，天还蒙蒙亮，我揣着打点的钱来到鬼子的看守所，老远就看着几个日本兵在路障后面嬉笑，我举起双手慢慢朝他们走过去。快走近时鬼子发现了我，用刺刀瞄准我的脚下"乒乒"就是两枪，原以为会以此吓住我，没想我继续朝他们的方向走去。

　　鬼子气炸了，拿着刺刀冲着我就走了过来，走到我面前，对着我又是一脚，把我踢在了地上，然后用刺刀指向我。

　　"小子你不要命了，胆子不小啊！"一个汉奸不知道什么时候过来的，咯咯笑着出现在鬼子后面，用脚尖踢了一下我。

　　"官爷，小的不是来找茬儿的，昨天家里店老板被咱们带走了，我就是想问问，是不是被关起来了？"我边说便掏出带来的票子，双手举过去。

　　小日本儿这次明白我的意思了，赶忙接过我手里的票子，然后拿下

第一幕　沈仲龙

巴指了一下身边的翻译，意思是快给他们解释什么意思。

狗汉奸又是一顿噼里啪啦的翻译，然后鬼子一个劲儿地摆手，意思是没有没有。

"什么意思？意思是你们没有关起人来吗？"我赶紧问汉奸。

"摆手就是没有，你看不懂吗？！还不快滚！再不滚连你也毙了，妈的！"汉奸说罢转身朝回走。

我整个人一下子瘫软在地上，心里都是张含之的名字。

回到瑞锦祥，秋槿看了我一眼赶忙走过来，问我打听到什么没有，从她布满血丝的眼就知道，肯定又是一夜的哭泣。

"问了几个鬼子，说是有一些人带走了，可能要配合审查吧。"我应付地告诉她。

"你别骗我了，到底有没有？！"秋槿生气地问我，急得又哭了起来。

我一下子坐在凳子上，叹了一口气。

过了很久，我摇了摇头。

秋槿顿时坐地号啕大哭，英子闻声跑来，不明所以的她抱着秋槿一起哭，我看着心里难受得要命。

我让秋槿把英子送回房间睡下，我有事要跟她交代。

半晌，秋槿红着眼睛回到了店里。

"秋槿，张兄现在凶多吉少，你和英子继续待在这济南城太危险。我想你带着孩子明晚就想办法出城，我会帮你打点好路子，你们能跑多远就跑多远。"我看着瑞锦祥的黑漆大匾，再看看秋槿。

"仲龙，张含之被抓走了，现在我和英子再离开，这'瑞锦祥'就败在我们手里了。祖上说过，无论如何也不能撒下这家业啊！而且，我要在这里等着张含之回来，要不然我死也不会瞑目的。"说着，秋槿又哭了起来。

"晚走不如早走，不然以后真的想走都走不掉了。祖上家业固然重要，祖训也一定要听，但眼下人命攸关，你总要为英子考虑一下。"我看着秋槿说。

我说到了她的软肋，她不再作声，只是一个劲儿地抹眼泪。

"你别哭了，我们就这样决定，我在这里留下等张兄，如果风头过

{ 039 }

第一幕　沈仲龙

去了，我会接你们娘俩儿回来，但是眼下你们必须出城，拖下去不是办法！"我安慰她。

秋槿缓缓地点了点头。

第二天一早，我跑到街口的洋货店，这里经常有洋人出入，日本人很少来这里。

"决定好了？"洋货店老板张自如问我。

"恩，就拜托您了！"我把一袋子钱递给他。

"兄弟，按理说咱们中国人互相帮忙是应该的，但实在是年月特殊，我也要养家糊口，才……"张自如边说边收下了我递过去的钱。

"我这店里每半个月进一次货，出城的时候会有洋人送货的商车押回去，到时候让她们躲在马车的暗格里。但是千万交代好，不要声张，要不然我的命也保不住了。"

我一个劲儿地点头，出门四处张望了一下，确定没人后赶忙往"瑞锦祥"的方向跑去。

等我回到店里，发现秋槿和英子正在擦布匹。

"都什么时候了！还在这里弄这些干什么！"我有点生气地看着

秋槿。

"仲龙，我们今晚这一别，不知道今生还有没有机会回到这里，你就让我再收拾一下吧！"秋槿抹着泪，英子也懂事地低着头摸着她的手。

我没说什么，关上店门，开始给她们准备路上的盘缠。

也许是接连几日的事情弄得神经过度紧张，安排好秋槿和英子逃跑的事情后，我就昏睡过去了。

整个梦境都是张含之第一次见到我的样子，穿着一身紫色长袍，老远就抬起双手迎接我，指着那块黑漆大匾，说这是他们的祖业。

昏昏沉沉的，被一声踹门声猛地惊醒，紧接着是英子的哭声。

"妈妈，妈妈，你们不要抓我的妈妈，我要我妈妈！"英子大声哭喊着，我赶忙跑到档口。

几个日本兵连拖带拽地往外拖着秋槿，英子被摔在一边的地上，哇哇地哭。秋槿一听到孩子哭更是什么都不顾了，回头就往日本兵胳膊上猛咬一口。疼急了眼的日本兵把秋槿往地上一扔，抬手就往秋槿的腿上扎了一刀。

{ 041 }

第一幕　沈仲龙

"啊！"秋槿绝望地大喊，鲜血瞬间蔓延了整个裤腿。

我赶紧跑上去，想把她们娘俩儿拉回来，不想被几个鬼子直接拦住，按在了地上。

"英子，英子，快回屋里去！"秋槿疼得满头大汗，边往英子的方向爬边用手推搡着。

日本兵一下子把秋槿拖回去，拿起手边的油灯，直接丢在了秋槿身上。灯油洒了秋槿一身，遇到明火瞬间燃烧起来，秋槿一下子掉进了火海。

"秋槿！"我大喊着，挣开日本兵的控制，慌不择手的我拿起桌上的一块布，使劲拍打着秋槿身上的大火，但我越拍打，火势却越凶猛，我一边喊着秋槿的名字，一边大声地哭喊着。

小日本儿看火势凶猛起来，退到不远处津津有味地欣赏着眼前的一幕。

秋槿在火海里声嘶力竭地哀号，英子被眼前的一幕吓得昏死了过去。我用最恶毒的语言咒骂着鬼子，泪眼模糊地抱起英子，叫着她的名字，却又害怕她醒了看到眼前的一幕，赶忙用袖子盖住她的眼睛。

{ 043 }

第一幕　沈仲龙

秋槿不出声了，倒在地上任凭火苗四蹿，小日本儿看够了，一挥手就撤退了。

我抱着英子在地上看着秋槿的尸体大哭。"就差一步，就差一步你们就可以走了，都怪我，都怪我啊！"我哭着，抱着英子绝望地哭着。

不知道火烧了多久，我盯着房梁发呆，张自如和几个街坊悄悄跑进来，晃着我说："仲龙，秋槿已经去了，让英子快走吧，再不走就真的走不了了！"说罢和街坊们一起看着我。

我如梦初醒一般，赶忙抱起英子说："英子，龙叔以后不能照顾你了，你跟着张叔叔快逃命吧，保护好自己，将来有缘，咱们定当会再见！"说完我把英子推进张自如的怀里，张自如无奈地摇摇头感叹："造孽啊！"说罢，抱起英子消失在夜色里。

送走了英子，我把秋槿的尸体用布匹裹好，葬在了天井的院子里。

秋槿把一生奉献给了张含之和英子，奉献给了"瑞锦祥"的祖业，不想天不遂人愿，她确实永远地守在了祖业里，只是到头来却是孤坟一座。

埋葬了秋槿，没过多久，全城贴出了告示：所有的百姓不允许出城，格杀勿论。

我企盼着英子能顺利逃脱。

第二天一早，我收拾好店铺，重新开门营业，阳光透过门板缝照在我脸上，刺得眼睛生疼。

我回头看看院子里的坟冢，心里默默地想："秋槿，你放心吧，我一定会守在这里，等着张含之回来，把这份祖业原封不动地交到他手上。"

刚过晌午，我正擦拭着被火烧焦的红漆柱子，一辆日本人的小轿车停在"瑞锦祥"门口，车上走下来一个穿着和服的女人，旁边几个鬼子啪的一声立正站好，让出一条路给她。

这个日本女人化着小日本儿精致的妆容，身上散发着特殊的香气，恩，是暹罗安息香。

她进门后环顾四周，瞥了一眼院子里的坟冢，然后上下打量了一下我，直接坐在我对面。

"你好！我是有阪香月！"日本女人半起身给我作揖示好。

{ 045 }

第一幕　沈仲龙

"有话就说，有屁就放，我还要做生意！"我头也没抬，拿出账本算起账来。

她低头抿嘴一笑，倒也不见外。"想必您就是沈仲龙先生了。"说完她回头看了一眼门外的汉奸翻译，翻译赶紧点头。

"不敢，你们日本人还会称别人先生？有什么事赶紧说，说完走人。"我依然没好气地回答。

她慢慢地从怀里取出一包牛皮纸包的东西，打开后房间瞬间布满了鼠尾草的味道。

"沈先生，这包东西出自您手吧？"说完她把那包东西扔在旁边的桌子上，然后端详着我。

"既然是行家，那我也没必要遮遮掩掩的，这包东西确实是我的。"我放下手里的算盘，盯着她继续说，"你们日本人烧死了我的朋友，关押了我朋友的男人，现在又来抓我？还是抓他们的孩子？你也有孩子，你就不觉得羞耻吗？"我冷笑着问她。

"仲龙先生是如何知道我有孩子的呢？"她笑着，用手绢拭了一下嘴角。

"暹罗安息香。"我冷笑着回答她，"这安息香是泰国进贡的上等香，此香行气止痛，多用于心腹疼痛，产后血晕之症。看您体态神情应该与心腹疼痛无关，想必一定是产后症状，才需要随身佩戴此香了。我有没有猜对呢？"

她咯咯地笑着，边笑边拍手。"没错，没错，仲龙先生果然是行家。那你猜猜，我拿这包药来找你，所为何事呢？"她指着身边的那包鼠尾草说。

"直说吧，你想怎么样。"我不耐烦地问她。

她把那包药拿起来，猛地倒在地上，然后用手绢蒙住了口鼻。"仲龙先生，您应该知道这不是什么雾凇香吧？这是当年皇帝后宫的妃子们为了争宠使用的失魂散，请问怎么会在仲龙先生的手里？"

我把身边的油灯多点了一盏，凑在身边。

"没有为什么，我有，就是有，你直接说你的目的。"我转身拿了一把扫帚，开始扫地上的花粉。

她叹了一口气，走到我身边，小声说："仲龙先生，可否借一步

第一幕　沈仲龙

说话？"

我抬头看了她一眼，没出声。

"你们在门口等我。"日本女人朝门口的几个鬼子说。

日本鬼子刚刚把门关上，眼前的这个日本女人快步走上前，一把攥住了我的手。

"仲龙先生，求你帮我，求你帮我！"这个日本女人近乎哀求地看着我。

我一把甩开她的手。"你到底想干什么？"我纳闷地问他。

"仲龙先生，您应该听出来了，我不是日本人。"她扒开袖子，上面重重的两道刀疤。"当年我跟随姑妈在青岛做香料生意，不想日本人从青岛登陆，先占了铁路，又把势力蔓延到了济南。姑妈一心带我逃到别处，在逃命的途中我却被他们的顺天大佐看上了，后来他以我姑妈的性命要挟我嫁给他。"她边说边开始抹眼泪。

"那又如何？如今日本人的势力如日中天，我自身都难保，如何帮你？"我回头不再理她。

"仲龙先生，前几日大佐的手下带了两箱香料回去，大佐一看是香料，就送到了我这里。多年的香料经验告诉我，这香一定有问题，所以我才找到您，希望您可以帮我逃离这群鬼子的魔爪。再过几日大佐就要回日本复命，我一旦被带回去就再也回不来了。"她央求着我。

我迟疑了半天。"小小迷魂香能起什么作用？我又如何帮你？"我问她。

"仲龙先生，您只需答应跟我回去，剩下的计划我会慢慢跟你详细道来。"她附在我耳边说。

我没有作声。

"先生，我那里也有你想要的东西。"她看我过了许久不出声，接着说。

"什么东西？"我问她。

她摆了摆手。"现在说还太早，先生可以考虑一下，明日中午我会再来。告辞

了！"说罢，她起身推门出去上了小轿车。

我一夜辗转难眠，终于熬到了东方泛起了鱼肚白，一骨碌爬了起来。

我走到秋槿的坟前轻声说道："秋槿，我要去日本人那里了。你放心，我一定亲手宰了他们。"

午时刚过，门口传来小轿车的声音，紧接着是一群鬼子立正的叫喊声。

有阪香月用手挎着一个当官模样的日本人，一起走进了"瑞锦祥"，这个人应该就是他提起的顺天大佐。

"沈仲龙先生，你好！"有阪香月装作陌生地跟我打招呼。

"小姐你好，需要点什么？"我跟她寒暄。

她附在顺天大佐的耳边说了几句话，大佐走到我面前，仔细地开始端详我。

"我跟大佐说你是一位非常少见的调香师，可以在我们那里工作，为我所用。"有阪香月跟我说。

{ 051 }

第一幕　沈仲龙

　　我微笑着走出柜台，走到大佐面前鞠了一个躬。"谢谢小姐和大佐的赏识，小的愿意一同前往。"

　　顺天大佐一看我如此配合，满意地哈哈大笑着，大手一挥示意跟他走。

　　有阪香月跟我低头微笑。

　　我抖了一下褂子，回头看了一眼。

　　双手把"瑞锦祥"的门关上，锁好。

飞燕草

这一路无言，我坐在副驾驶位上，通过后视镜看着有阪香月身边的顺天大佐，此人约莫四十岁出头的模样，鬓角和胡须剃得相当考究，胸前的徽章异常夺目，只有右手一直插在左怀里，像是随时伺机反击一般。有阪香月轻挎着他胳膊，表情温柔地看向另一边的窗外。

车子很快停在了日本驻地区，几个日本士兵上来给我们打开车门，我刚一下车，手里的箱子就被其中一个抢了过去。

"八格牙鲁！"顺天大佐指着这个小兵生气地说。

有阪香月走上来，拿过被夺过去的箱子，回头递给我，然后转身又跟翻译说："这是我和大佐的客人，不要对客人无礼。"

被训斥的小日本儿连连点头哈腰地跟我道歉，我又重新抖了一下衣服，跟在有阪香月和顺天大佐的后面，进了他们的地盘。

有阪香月在前面为我引路，一直把我带到客房，吩咐身边的日本兵

{ 053 }

第一幕　沈仲龙

帮我把行李放好，让我稍做休息，待会儿在会客厅碰面。

进了屋，我把房门关闭好，仔细环顾房间的布局。陈设十分简单，典型的日本和风装潢，除去地上的榻榻米，就只有脚边的一个五斗柜，我笑着走到柜边，用力将柜子推到一边。

果然，柜后面有一个直径食指左右长短的洞口，连接着另一个房间。

我一脚将房门踢开，吓了门口看门的小鬼子一跳，刚想冲我发火来着，想到我是有阪香月的客人，只好暗自嘟囔。

"你们大佐和大佐的夫人在哪儿？我要见他们！"我生气地问他。

小鬼子听不懂我在嚷嚷什么，只好带着我来到了约定的会客室见有阪香月。

顺大大佐不在，她一个人坐在茶桌前，见我来了，便斟了一杯茶，微笑着请我坐下。

我没有理她，冷笑着问她："怎么，把我请来了，还要监督我的睡姿吗？"

她没有接我的话，笑着拿起手中的杯子，递到我眼前说："先喝杯茶，这是我从家乡带来的新茶叶。"

我生气地坐下，刚拿起茶杯欲一饮而尽，茶到嘴边又赶紧放下去。

"房间里有监视，这茶里……不会也有毒吧？"我冷眼看着她。

"沈先生请不要见怪，"她放下手里的杯子，"这大佐驻地，每个客房都留有监视区域，也是为了防止有外人充当客人混进来对我们构成威胁，并不是针对您。至于这茶，是我亲手泡的，既然您不相信我，那我先饮为敬。"

说罢，她端起我刚放下去的茶杯，拿起来一饮而尽。

我把腿盘起来。"你到底想怎么样，我人也来了，你现在可以说了。"我看着她。

有阪香月慢慢抬头看了一下我身后的日本兵，手一挥示意他们离开。然后她起身关上了门，重新回到我对面坐好。

"沈先生，我可以信得过您吗？"有阪香月沉默了许久，开口问我。

"香月小姐大老远把我找来，口口声声说是有求于我，现在又问我是否值得信任，我开始有点不懂你究竟要做什么了。"我莫名其妙地冷笑着。

有阪香月不紧不慢地拿出一个档案盒，递到我面前。

"这是什么？"我问她。

"沈先生打开自己看吧。"她抬手示意。

我拿起盒子，上面写着"机密"两个字。我迟疑了一下，打开盒子。

里面是一份电报，上面只有一句话，是日文，上面还有日期之类的文字。

"沈先生，这是一封加急电报，是秋槿小姐被处死那一晚，我趁顺天大佐不在的时候截下的。"有阪香月对我说。

"你说什么？秋槿被处死？你什么意思，什么叫处死？"我腾地一下站起来，指着她问。

"这个不重要，重要的是电报上面的内容。"她完全不动声色地回答我。

我定了定神。"那你告诉我，电报上面写的什么！"我口气依然咄咄逼人。

"五日内第二次清剿，不得有误。"有阪香月看着我说。

第一幕　沈仲龙

我瞬间感觉到了心脏的跳动声。"你是说，日军要进行第二次屠城？"我压低声音问她。

"是的，就在这两天。这封电报在我手里已经待了两天了，我必须趁顺天大佐还没有发现前把它放回去，等他看到电报，日期就已经迫在眉睫，济南就避免不了第二次屠城。"有阪香月从我手中拿回电报，重新小心翼翼地放回到档案盒里，收在身后的草席下面。

"你想怎么做？"我问她。

有阪香月又在桌下拿出一个牛皮纸包，放在桌上。

"失魂散？"我问。

"明天晚上顺天大佐会宴请所有归顺他的中国人，包括你在内。"有阪香月说。

"那又如何？这失魂散量大了也顶多是让他暂时麻痹，不足以置人于死地。"我说。

"沈先生，可否认得我手里这株植物？"有阪香月从怀里拿出一颗已经干枯的植物递到我眼前。

"飞燕草。"我冷笑了一声，"你从哪儿弄到的？"

{ 059 }

第一幕　沈仲龙

有阪香月重新把它收好。

"沈先生，如果这飞燕草磨成细粉，夹在你这失魂散中呢？"她反问我的样子从容笃定，但更像是在等我的答案。

"这飞燕草全身都是毒，尤其种子毒性最大，因为可以舒缓阵痛，所以平时一般用来治疗腹痛。如果夹在失魂散里面，几种毒性互相作用，吸食后进入神经中枢，轻者全身痉挛，重者呼吸衰竭立即致死。我有没有说错呢？呵呵。"我笑着跟她说。

有阪香月满意地微笑着。"沈先生，虽说国家大事我们女人不应该掺和，但是小日本儿作恶多端，民不聊生，如今我们有机会帮助老百姓铲除他们，何乐而不为？"

我再一次冷笑着问她："是你自己想挣脱顺天大佐的控制吧？"

"顺天大佐是这次屠城的罪魁祸首，杀了他不只我可以脱身，而且整个济南城的人民都能得救。"有阪香月起身，走到屏风前打开门。

"那就这样，感谢沈先生对香料的指教！我们明天的晚宴见！"开门后，有阪香月的声音恢复到从前，做出一个送客的动作。

我起身，走到门前的时候看了她一眼，然后径直朝自己的房间走去。

等我回到房间，我发现之前被日本人抢走的两个皮箱都送回来了，我打开它，发现里面多了一个布袋。

"飞燕草？"我心里暗自嘀咕着，打开一看果然是。

我拿着这包飞燕草，脑海里不断闪现着张含之被日本人拖走的身影，被熊熊烈火包围的秋槿，还有少不更事就被送走的英子。想到这里，我拿出皮箱里的捣药杵，把有阪香月给我的飞燕草一株一株磨成粉，重新混合到失魂散里。为确保万无一失，我在随身的衣服里塞了一小包。

第二天一大早，有阪香月带着两个日本女随从，敲开了我的房门。

"沈先生，昨天您跟我说，您会调制一些香料用于今晚的晚宴助兴，不知道香料现在是否可以取了？"她微笑着问我，十分有礼貌。有那么一刻，我还真误以为她是一个日本人。

"好了，就在柜子上。"我没有抬头，装作在收拾衣服，用手指了一下五斗柜。

她吩咐身边的随从拿了香料，然后跟我简单地寒暄了几句，就关门

{ 061 }

第一幕 沈仲龙

出去了。

　　我坐在房间里，对于今晚要一起暗杀顺天大佐的计划，我虽然对自己的香料十分有信心，但依然莫名地紧张，总觉得晚上的事情不会像预期的那么顺利。但一想到秋槿和张含之，我就握紧了拳头，巴不得小日本儿现在就被毒死。想到这里，我重新躺在床上，打算为今晚的暗杀计划养足精神，背水一战。

晚宴

太阳刚落山，一个小日本儿送来了一身新衣服，叽叽咕咕说了几句日本语，应该是让我换好衣服跟他走之类的。

我看着这身黑色的衣服，想到今晚会杀掉一整屋日本人和汉奸，而这件黑色长袍像极了送小日本儿归西的丧服，于是我冷笑着换好，跟小日本儿七拐八拐地走到了宴会的场所。

顺天大佐坐在正中央的主位，旁边围坐着七八个小桌子，左边日本人，右边中国人，除去刚进门的我，剩余的几个中国模样的人一直在拿酒杯向顺天大佐频频敬酒，看样子归顺得非常彻底，其中就有前几天见到的那个翻译。

"狗汉奸，今晚把你们一起毒死。"我心里想着，也拿起酒杯，自顾自干了一杯。

眼瞅着人都到齐了，顺天大佐做了一个安静的手势，然后开始红光

第一幕　沈仲龙

满面地跟在座的人"布道"，意思就是我们是非常识时务的，将来跟着日本天皇可以衣食无忧。狗汉奸不时鼓掌，看样子翻译得十分在行，跟伺候亲爹一样。

有阪香月坐在顺天大佐的旁边，目光扫过我的时候停了一下，继续看向其他人。

晚宴进行到一半，我看时机差不多了，周围的人包括顺天大佐在内，都有了几分酒色。我放下手里的酒杯，给了有阪香月一个眼色。

有阪香月意会地轻点了一下头，凑到顺天大佐的耳边轻语了几句，顺天大佐哈哈笑着，示意大家安静，说他的太太有阪香月有话要讲。

有阪香月慢慢起身，身子轻盈地踱步到宴会中央。

"各位，前几日我有幸结识了对香料十分在行的沈先生。今日各位在这里小聚，不如就让沈先生拿出专门为这次晚宴调制的香料，为大家助兴如何？"有阪香月说罢，微笑着拍手欢迎我，意思是让我上去。

我心里暗想，你们这些罪人的死期到了，正想抬身子上去，我的目光扫过人群发现了角落里的一个人影，我惊得瞬间身子不能动弹。

"……张……张含之……他怎么会……"我在心里瞬间想了几百

种理由，但都压抑不住我此刻的震惊，不知道自己究竟应该是喜是忧，他又为何会如此完好地出现这里。

"沈先生？"有阪香月看我迟疑半天没有上去，拍拍手叫着我的名字。

"哦……各位，实在不好意思，连续几日奔波，加上家中亲人离世，一时间难以调配出上好的香料供各位鉴赏。不如改日，我自当调配上好香料给大家。"我双手作揖，表示抱歉。

有阪香月见我如此迟疑，知道一定是发生了什么事情，赶紧走回顺天大佐身边，又嘟囔了几句。

顺天大佐听罢，又哈哈笑着摆手，大体意思应该是没关系，无伤大雅。

我坐定，眼光慢慢在人群中搜索张含之的身影，却再也没有发现他。但我十分肯定，我刚才看到的一定是他。

晚宴结束后，我匆匆回到房间，惊魂未定的我连喝了几大杯水。

"张含之怎么会在这里？就算是被日本人抓起来了，也不应该是出入自由地在这里出现，而且看样子，他应该没怎么受罪，这到底是怎么

第一幕　沈仲龙

回事？"我看着窗户外面的夜色，心里有一大堆的疑问。

敲门声响起，我走过去打开门，是有阪香月。

"这么晚了，香月小姐有何贵干？我已经要休息了。"我看着她的眼睛说，但并没有想让她进门的意思。

她一下按住我要关上的门。"沈先生，可否借一步讲话？"她还是很礼貌地问我。

我摇着头让开身子，她走了进来。

"沈先生，您今天看到张含之了，是吗？"有阪香月气定神闲地问我，好像早就料到了一般。

我坐在她对面。"既然你已经知道了，那就告诉我实情，到底是怎么回事？"我问她。

有阪香月看向窗外，沉默了许久。

"还记得昨天我问您，是否值得我信任吗？"她回头看向我，"其实，一开始知道您，是从张含之的口中，他说您是一个非常有正义感的人，一定会帮助我们。"

"一定会帮助你们？什么叫你们？"我更纳闷了。

"实不相瞒，张含之与我相爱，我们本来是打算在你毒死顺天大佐以后，一起私奔的。" 她又重新看向窗外，"不过眼下看来，这一切都不可能了。"

我听她说出"相爱"两个字的时候，震惊得一下子坐起来。

"混账，张含之这个王八蛋，枉他家中爱妻和年幼的孩子一直四处找他，他却在这小日本儿的驻地跟你厮混！"我气急败坏地把椅子踢倒，巴不得一刀捅死张含之。

有阪香月连忙站起来，让我小点声。

"沈先生，你不要责怪含之，是我逼他的。"有阪香月说。

我依然没有理会她。"逼他？他就可以就范？我去他妈的！"我愤怒地叫着。

门外的随从听到我的怒吼，赶忙敲门问有阪香月是不是出了什么事。

有阪香月赶忙回答没什么，只是谈起了沈先生的家人，他伤心而已。

"那你告诉我，你说秋槿是被处死的，这到底是他妈的怎么一回

第一幕　沈仲龙

事？！"我走上前一步，欲伸手掐她的脖子了。

她倒是沉得住气，不动声色地原地等着我的谴责和谩骂。

"张含之来了这里以后，我发现他精通布匹裁缝，便要求顺天大佐把他留在了我身边，为我打理日常着装。张含之一开始非常排斥，但我告诉他一味地反抗只会让他永远地远离过去的生活，他才慢慢放弃抵抗的想法，在这里为我服务。我虽跟随顺天大佐，但他为人蛮横，手上沾了太多中国人的鲜血，我怎么可能和一个杀害同胞的嗜血狂魔在一起？张含之心思细腻，得知我也是被顺天大佐逼迫的以后，对我也是非常体贴，但他全无暧昧之意。是我，是我个人的一厢情愿，一直在胁迫着我的思想。"说到这里，她拿出手里的手绢，拭去眼角的泪。

"后来，当我知道了第二次屠城计划后，我就告诉了他，没想到他跪在我面前，不断哀求我放过他的老婆孩子，可是我哪有那样的能力去帮助他。"有阪香月开始抽泣。

"后来我安排探子去打探他老婆和孩子的消息，探子回来告诉我，你已经安排好了她们的逃跑计划。"她说。

"然后你就让人去烧死她们！"我一步上前掐住了她的脖子，她没有反抗。

"如果我不烧死秋槿，孩子也走不掉！只有烧死秋槿，才可以让小日本儿禀告顺天大佐，'瑞锦祥'已经清空了，他们才会放过那里，我才可以安排张含之的女儿在日本人眼皮下面逃跑。"她艰难地从喉咙里冒出这几句话。

我松开手，她连忙坐在后面的椅子上，不住地咳嗽。

"好一个处死，好狠的心啊你！"我红着眼睛看着她，"张含之就由着你去烧死秋槿吗！"我继续逼问她。

"他一开始听到这个计划的时候就愤然打断了我，说无论如何不能动他的老婆和孩子，但我一再告诉他，秋槿和他的女儿只能走一个，要不然一个都走不了。"有阪香月说。

我握着拳头，闷闷地捶在椅子扶手上。"所以，最后张含之选择了让他女儿逃跑，烧死秋槿，是不是！"我把牙齿咬得咯咯作响。

"是的，他没有其他选择。"有阪香月说。

"依我看，你从心里觉得烧死秋槿，张含之就会对你一个人倾心，你也就多了一个机会，是不是？！"我抬起头，瞪着她。

{ 071 }

第一幕 沈仲龙

有阪香月依然十分镇定。

"是。"

"你，好狠的心啊！枉你是中国人，心却跟小日本儿一样黑！"我指着她，气得我的手不住地发抖。

她站起身，走到门前。"眼下杀顺天大佐的最后机会错过了，我们已经无力回天，大佐完成这次屠城之后就会带着部队撤回日本，会有其他的日本部队接管这里。而我们这些中国人，在他离开中国之前，一定会死在这里。"说罢，她打开门走出去，重新回身把门关好。

我全身虚脱地从椅子滑到地上，眼前是秋槿在熊熊烈火里不断痛苦的哀号，可怜这个女人，在临死前一刻都在想着怎么保护张含之的女儿和祖业，不想却死在了自己爱人的手里。我不住地用头磕着地面，痛苦地悲泣，整整一夜未眠，合上眼睛就是秋槿站在"瑞锦祥"门口，双手握着金丝手帕。两年前第一次等我到来的场景，突然画面又会跳转到烈火毒蛇围绕着她，瞬间泯灭的梦魇。

清晨的阳光慢慢升起，打在我脸上。

我猛地睁开眼睛。

"秋槿，这是我欠你的。"我在心里暗想。

我梳洗干净，在小日本儿的带领下来到了有阪香月的会客室，她看到我来找她倒也不惊奇。

"沈先生，我料定你会来找我。"有阪香月微笑着看我。

"少废话，我要见张含之。"我直截了当。

有阪香月吩咐身边的随从都离开了，起身把门关上。

"我已经吩咐手下去叫他来了。"有阪香月依然镇定地为我沏了一杯茶。

过了半晌，门被拉开，张含之弓着身子走进来，发现我也在屋里，顿时不知所措，显得十分局促。

"张兄，别来无恙！"我头也没回，拿起手边的茶喝了一口。

张含之定在原地，没有出声。

我端详着手里的茶杯，猛地朝他砸去，杯子正中他的头，他捂着头依然没有动。

{ 073 }

第一幕　沈仲龙

有阪香月见状，赶忙上去扶住他，引到我身边坐下，关切地查看他的伤势。

"你们尽管厮混吧，反正我们即将要死在这里，反正你老婆已经死了，是吧张兄？"我扭头看向他。

他赶紧躲开我的眼神，没有作声。

"沈先生，昨夜我跟您把事件经过都说了一遍，所有的责任都在我，事情也是我一个人做的，含之迫不得已保住女儿，这也是情理之中。"有阪香月略带责备地看着我说。

"狗屁！少在这里冠冕堂皇地瞎扯，你们这对狗男女，当了婊子还想立牌坊的事儿今天我算是见识到了！"我冷笑着。

"沈兄，"张含之把有阪香月推开，"我知道自己是个罪人，为了保住女儿抛弃了秋槿，但我手心手背都是肉。如果我迟疑不定，到头来她们一个都走不了，小日本儿早就全城戒严了，看着她们全都死在这里，我更于心不忍啊！"张含之说着哭诉起来。

我依然没有理会他。

"我已经想好了，我会在这里找机会杀死这群小日本儿，能杀一个算一个！"张含之抹着泪，全然不顾旁边的有阪香月。

"少在这里放狗屁了！"我看向他和有阪香月。"我今天是来跟你们谈判的，你们要是觉得可行，我可以再试一次，但前提是你们必须同意我的条件！"我看着他们。

"你想怎么样？"有阪香月坐回去问我。

"你们必须逃出去，就你们两个。"我对他们说。

张含之被我的话弄得莫名其妙，看向有阪香月。

"此话怎讲？"有阪香月又问我。

"想弄死这一窝小日本儿也不是不可能，但前提是我们能不能把它们凑到一起。所以，我的条件有两个：第一，我需要你们两个人的帮助，帮我把他们引到'瑞锦祥'，我自然会把他们一并铲除；第二，事成之后，你们可以直接离开，圆了你们这对狗男女的私奔苟且之事，但你们必须找到英子，好好地把她抚养成人，每年带她回来祭拜秋槿，以慰她在天之灵。"我说。

"只要能杀死这群小日本儿，要我怎么样都行！"张含之赶紧应和。

第一幕　沈仲龙

"沈先生，为何在知道这一切之后您还要这么帮助我们？"有阪香月警惕地问我。

"因为我不想秋槿死不瞑目，不想英子一个人流亡在外，而真正能照顾她的，只有你和张含之。我做这一切不是帮你们，是帮我自己，也是在帮助秋槿。"我镇定地看着有阪香月。

他们俩不再作声。

"你把他们引到'瑞锦祥'，又准备怎么行动？"张含之问我。

"那就不关你们的事了，只要小日本儿去了，你们俩就可以远走高飞了。有阪香月，我想你一定有办法安排你俩逃走，是吧？"我问有阪香月。

"什么时候行动？"有阪香月没有回答我的问题，继续问我。

"今晚。"我说。"但是你要提前让我去一次'瑞锦祥'，等我安排好一切，我自然会回来接应你们两个。一切都要听我的安排，不能有任何差池！"我警惕地告诉他们。

"好！"有阪香月说。

胭脂

和二人分开后，我回到房间，把箱子里所有的香料包如数清点一遍。上次有阪香月给我的飞燕草还剩余几株，我也重新碾压成粉，混在了之前的失魂散里。然后静静地待在房间，等着小日本儿来找我。

约莫过了两个时辰，太阳开始偏西，一个日本兵推开我房门，示意我跟他走。

我提上两个大皮箱，跟着小日本儿出门上了车，像第一天来济南的时候一样，只不过这次站在门口的不是秋槿，而是有阪香月。她看着我上了车，目送我离开小日本儿的划界区。

车子在街上飞驰，路过顺城街时刺鼻的腐尸味让我忍不住环顾四周，遍地尸骨让我更加坚定自己的决心。车子很快来到了瑞锦祥的门口，小日本儿把我和行李放下后就离开了。

我站在"瑞锦祥"门口，环顾着这个昔日人来人往的绸缎庄，它全

{ 077 }

第一幕　沈仲龙

然没了往日的艳丽，像一座孤坟伫立在眼前。

我推开门，一股烧焦的味道迎面扑来，我心里泛起一阵酸楚。

我绕过"瑞锦祥"的档口，径直来到天井的院子，秋槿的坟头上落了一只画眉，叽叽喳喳地叫着。

"秋槿，我回来了，我知道你肯定又在骂我固执，但眼下发生的一切，都不是我们所能料及的，今晚你且当看戏，我要让这群小日本儿付出代价。"说罢我在秋槿的坟前鞠了三个躬，转身回到档口。

我打开两个皮箱，取出一半已经兑好飞燕草的失魂散，按照之前设计的机关，按部就班地布局在整个"瑞锦祥"，一切完成之后，天已经黑透。我点了一盏油灯，临出门前又重新检查了一番，确定万无一失，又重新抬头看了一眼"瑞锦祥"的黑漆大匾，在油灯昏暗的光下，它依然熠熠生辉。

我又想起了张含之第一天对我的介绍："我们这'瑞锦祥'红红火火上百年了，都是家里祖传下来的生意，靠诚信经营……"

"呸！"想到这里，我恶心地往地上啐了一口吐沫，转身关上门，在门口等待张含之。

等了好一阵，远处驶来小轿车的声音，车灯在转角处折射过来。

张含之来了。

我冷笑着，车子停在我的眼前。

张含之打开车门走下来，看到我在"瑞锦祥"门口，显得十分不自在。

"进屋吧，天儿还是有点凉！"我冷漠地看了他一眼说。

"欸！"他应了一声，还是那个曾经憨厚的声音，只是在我的心中不再悦耳。

"张兄，看看这'瑞锦祥'，是不是和你走之前一样。"我坐在桌子前，跟他说。

他慢慢转着身，颤抖着身子环顾着被大火熏得漆黑的柱子，慢慢摸着布匹，在档口转悠。我自己沏了一杯茶，全然没有理他。

"我对不起你啊，对不起你啊秋槿！"后院天井传来他的哭喊声。

"人都去了，你哭她也听不到了，何必在这里惺惺作态呢？"我走到张含之身后，看着秋槿的坟发呆。

"沈兄，我对不起秋槿，对不起英子，也对不起你。你告诉我，今

{ 079 }

第一幕　沈仲龙

晚怎么做？就算豁出这条命，我也要跟这群小日本儿同归于尽！"他站起来，握着拳说。

"太晚了，人总是在临死之前学会幡然醒悟。"我摇着头转过身，朝档口走去。

张含之低着头紧随其后，刚刚进到档口就站住了。

"怎么，害怕了？还是想起什么来了？"我坐在桌子前，回头看向他。

"这是……这是……这是秋槿的味道？怎么会……"他惊愕地环顾四周，却没有发现任何异样。

我站起来，走到柜台边的油灯前。

"不错，你还记得秋槿的味道。"我呵呵笑着，"这是鸢尾花，当年我送给秋槿的荷包的味道。"

张含之听了以后不住地点头。"对对，是鸢尾花，是秋槿的味道。可是为什么，为什么整个'瑞锦祥'都是这个味道，刚才进来的时候还没有。"他一脸茫然地问我。

"秋槿一直在等你。"我说，"她临死之前一直在找你，天天盼望着你回来。"

张含之瞬间老泪纵横，蹲在地上低头痛哭，嘴里喃喃地念着对不起秋槿的话。

"今天，你回来了，你们可以团聚了。"我笑着看着他。

张含之听罢，瞬间站起身，惊恐地看着我。

"害怕了？不是满腔热血吗？不是今晚要同归于尽吗？怎么，又要现出原形了？"我哈哈大笑着。

"不，不是害怕……沈兄，你告诉我，你的计划到底是什么？不是说安排我和香月小姐到这里，然后引小日本儿过来斩草除根吗？怎么……"张含之惊恐地问我。

我呵呵地笑着。

"晚了，太晚了，张兄，你必须和秋槿一起走。"我看着他说。

张含之听罢刚想作声，不料身子开始晃动。他手扶着头，一屁股坐在旁边的椅子上，使劲晃着脑袋保持清醒。

"张含之，这屋里尽是失魂散，更何况还加了你那香月小姐的飞燕草，现在毒气已经进了你的心肺了，不出个把小时，你就可以见到秋槿了。"我走到大门口，回头看了一眼已经伏在桌子上的张含之说。

"沈兄，万事皆是我的错……今日死在'瑞锦祥'……呵呵……总算不辜负祖训，我应该感谢你……"说罢，他努力一翻身倒在地上。"秋槿，罪人含之来陪你了！"说罢，他腿脚抽搐，全身开始痉挛。

我回过身，走出门外，把大门带上，吐出舌头下面的一片雪仙草。

"师傅，徒儿不孝，把您教的本事用在了杀人上，但眼前罪人当道，希望您在天之灵可以宽恕徒儿！"我跪在地上，对着南京方向磕了三个响头。

小日本儿见我一个人走出来，命令翻译上来问我张含之的去向。我指着"瑞锦祥"，说这毕竟是张含之的祖业，他想把祖上留下来的东西都带走，让我先回驻地找香月小姐，安排另一辆车来接他。

翻译倒也没有追问，带上我就往小日本儿的驻地驶去。

刚进客房，有阪香月就敲门进来了。

"沈先生，怎么样？还顺利吗？"有阪香月着急地问我。

"很顺利，张兄已经在收拾东西了，你这边如何？"我假装很疲惫地坐在椅子上问她。

她听到我说的话之后很高兴："一切都安排妥当了，我待会儿要梳

第一幕　沈仲龙

洗打扮一下，今夜一过，就和含之远走高飞！"

　　我冷笑着看着她。"别高兴太早，你准备好怎么引顺天大佐和他的部队去'瑞锦祥'了吗？"我问她。

　　她走到我身边。"安排好了，等我到了'瑞锦祥'，我会吩咐随从都回来，到时候你就说我和张含之要私奔，顺天大佐一听肯定气急败坏，会带着他的精英部队去抓我们。"她悄悄地说。

　　"很好。"我说。

　　"这是张含之让我给你的。"我取出一个黑色小匣子递给有阪香月。

　　她迟疑地接过去打开。"是胭脂？"她问我。

　　"恩。"我点点头。"张兄说让我把它交给你，说也没什么给你的，就当嫁妆了。今晚不知道能不能活着走出这济南城，若真的走出去了，就全当把你娶出这小日本儿的地盘。"我说。

　　有阪香月欣喜地把胭脂藏在怀里，转身出门。

　　也许是精神过度紧张，也许是折腾了一天身子疲惫，我倒在床上便睡了过去，梦里好像看到秋槿在好远的地方为张含之缝衣服，张含之坐在他身边，关心地看着她。

{ 085 }

第一幕　沈仲龙

"来人哪！"有阪香月的随从惊呼一声，紧接着是一群小日本兵的跑步声，外面乱成了一团。

我站起身，打开房门。

"怎么了？"我拦住一个有阪香月的随从，发现她吓得脸都白了，"出什么事了？"我问她。

"有阪香月小姐的脸不知道怎么了，像是被硫酸烧伤了一样，现在整个脸都烧烂了！"她说着说着急得哭了起来。

"赶紧去找大夫啊！"我告诉她。

说罢，我回房间关上门，沏了一杯茶，等着小日本儿来找我。

果不其然，顺天大佐一脚踢开了我的房门，冲上来两个小日本儿，拖着我就往有阪香月的房间走去。

有阪香月已经倒在地上，疼痛让她不断地叫喊着，双手捂在脸上哀号。

"怎么会这样？！"我赶紧追问了一句。

"八格牙鲁！"顺天大佐举起枪来，指着我的脑袋要杀了我。

"大佐！"有阪香月双臂一下子抓住了顺天大佐的腿，"大佐，不关他的事！"她奋力阻拦。

"是张含之给你的胭脂吗？"我赶紧问有阪香月。

"是，为什么，为什么啊！"她不断地哭泣，捂着双脸不敢看我们。

我摇摇头，叹了一口气。

"我在'瑞锦祥'等着张兄，他进门后就跑到秋槿的坟前哭个不停，嘴里一直念叨着是自己害死了她，现在他回来了，一定要给秋槿报仇之类的。我还劝他不要伤心，但是他看到秋槿的坟和被毁掉的'瑞锦祥'以后，就像换了一个人一样，嘴里一直咒骂着小日本儿。"我做出一副回忆的架势，边摇着头边看着她。

"所以他一直都在骗我！他为什么要这么对我！"有阪香月捂着脸，伤心地大声哭泣着。

顺天大佐把翻译叫过来，狗腿子翻译在他耳边嘟囔了几句。

只见顺天大佐一脚踢开翻译，掏出枪就冲了出去，命令身后的小日本儿全部出动，浩浩荡荡地杀向了"瑞锦祥"。

我见状，赶忙转身扶起有阪香月。"走，是死是活都要见到张含之，你跟我走！"说罢，我拉着面目全非的有阪香月上了门口的小轿车，奔向了"瑞锦祥"。

第一幕　沈仲龙

等我和有阪香月赶到"瑞锦祥"，顺天大佐和他的精英部队已经在"瑞锦祥"门口列队了。我扶着有阪香月下了车，搀扶着她走向顺天大佐。

"张含之就在里面。"我指着"瑞锦祥"对顺天大佐说。

"杀！"顺天大佐蹦出这么一个字，气急败坏地第一个踢门而入，精英部队随后也冲了进去。

我扶着有阪香月紧随其后，也跟了进去。

顺天大佐的人布满了整个"瑞锦祥"，发现院子天井的门封掉了，所有人只能在档口活动和搜查，他们一眼就发现了倒在桌子边口吐白沫的张含之。

"含之！"有阪香月冲上去，跪在地上抱起张含之不停地叫着他的名字。

顺天大佐见状大怒，拿起手枪，就要干掉有阪香月。

我环顾四周，见所有人的关注点都在顺天大佐和有阪香月的身上，转过身一个箭步冲到门后面，拉动事先布好的绳索机关，房顶的麻布口袋被撕开，遮天蔽日的失魂散夹杂着鸢尾花在"瑞锦祥"飞舞，奇香弥漫了整个档口。顺天大佐和他的部队大惊，但被瞬间吸入的失魂散麻痹了四肢不得动弹，只在原地打滚，叫苦连天。

我看了一眼有阪香月，她也正在看我，依然像当初一样镇定，平和地向我微笑。她低头用手捋了一下张含之的鬓发，抱着他的头闭上了眼睛。

我转身走出"瑞锦祥"，把房门死死地关上，又在门外把事先准备好的柴火点燃，门口顿时升起熊熊大火，小日本儿在里面哭天抢地。

我退到街对面，看着百年祖业的"瑞锦祥"在冲天烈火下激烈地燃烧着，夹杂着漫天的鸢尾花香。

"秋槿，我让这群罪人给你陪葬了，你可以安息了！"我含着泪看着眼前的大火。

火势越烧越猛，几个巡街的小日本儿发现后冲了过来，一把就把我压在了地上，举起刺刀就要往我的脖子上砍。

我闭上眼睛等着刺刀砍下来，小日本儿却迟迟没有动作，我慢慢睁开眼睛，发现几个小日本儿全都目瞪口呆地看着"瑞锦祥"的上空，我顺势也看过去，顿时被眼前的一幕惊住了。

{ 089 }

第一幕　沈仲龙

　　天空变成了暗绿色，蓝绿辉映的天际线出现了一段一段像丝绸样的炫光，光晕越来越大，落幕般垂下来。我听到自己喉咙开始发出干咳的声音，全身的肌肉像被针扎一样刺痛和痉挛，几个小日本儿痛苦地扔掉刺刀在地上打滚。

　　我艰难地低下头看着自己的身体，不知何时我已经可以透过衣服看到清晰的肉体。我看着自己慢慢变得透明，透明到一根根的血管和骨骼清晰可见，直到慢慢肉体开始模糊。我紧紧地闭上双眼，等待着最后的审判。

　　"秋槿，是你来了吗，你来接我了吗？"我在嘴里喃喃道。

　　全身的刺痛开始加剧，我感觉自己猛地一瞬间被一股巨大的力量吸引而离地，速度之快让我感觉肌肤像在被风捶打一般，不知道以这种速度上升了多久，我感觉身体开始平行地穿梭在某个区域，我微微张开眼睛，绚烂刺眼的光晕立刻让我忍不住闭上了双眼。

　　我这是怎么了？

　　我死了吗？

第 二 幕

沈子渊

无镜无相亦无德，难为沧海尽红尘。
崇华子渊散正气，百花更待何时归？

百花决

"子渊上仙！"门被猛地推开，冲进来的人踉踉跄跄地跪在地上。

我放下手里的碧月琴，从屏风后面缓缓地走出来。进来的是清风阁的侍卫。

"这一大早的，慌什么慌？"我不急不慢地坐在蒲团上，闻着牡丹鼎里飘出的沉香，闭目养神。

侍卫还跪在地上瑟瑟发抖。"山下昨夜突然集结了很多夜云心的人，说是今日午时要杀上咱们崇华山，血洗崇化殿！"

我听罢冷笑了两声，微微睁开双眼，两袖同时向空中挥去。整个天涯海阁的九根玉龙柱上的玉龙一齐吐水，琴瑟齐声和鸣，好生自在的景象。

过了半晌，我微微睁开眼，看着跪在地上的侍卫。"那就让她们先杀到我这天涯海阁，我这筋骨也很久不活动了，让夜云心来陪我下下棋

{ 095 }

第二幕　沈子渊

也好。" 说罢，我袖子一拂，示意侍卫出去。

"子渊上仙，夜云心这次是有备而来，昨夜沧海上仙和无镜掌门夜观星象，料到夜云心这群邪魔此次定然不会善罢甘休，所以清早特地差我来通知上仙去崇化殿共同商议对策。"侍卫双手抱拳不肯离去。

我不耐烦地看着他。"那你把我的原话告诉师兄和师父，就说我这天涯海阁随时恭候夜云心的人，退下吧。"说罢，我起身回到屏风后，重新弹起了碧月琴。

一阵清风夹杂着檀香的味道飘进来，我双手落在琴上，抚住了正在振动的琴弦。

"沧海师兄，这一大清早的你们整个清风阁是要把崇华山搅得鸡犬不宁吗？"我笑着从屏风后走出，迎面走上去。

清风顺势落定在我眼前，渡沧海身着青色锻凌袍白色天织纱，双手背在身后，出现在我眼前。

"哈哈，子渊师弟，一大早你也好兴致啊！"渡沧海边说边在殿内一侧落座，一抬青袖，示意我也坐下。

我无奈地摇摇头，重新坐回蒲团上。

　　"师弟，昨夜我和师父夜观星象，这夜云心此次来犯，定是为了夺取咱们崇华山的镇山之宝《百花诀》，这本秘籍一旦落入他手便会生灵涂炭。而你这么多年来一直谨遵师命守护着《百花诀》，此次夜云心定会从你这天涯海阁入手，你要万事小心，确保万无一失！"渡沧海向我表示着他的忧虑。

　　我仰天大笑了一声。"哈哈，师兄，你什么时候和师父这么优柔寡断了。我这天涯海阁几百年来晨钟暮鼓绿水环绕，别说这夜云心，其他的邪教来犯也不是第一次了，你又何时见过我让他们成功踏进殿门半步了？"

　　渡沧海起身走到九龙柱边，手抚着龙柱。"子渊师弟，你知道师父为什么把这天涯海阁交于你吗？"

　　"除了师父的无镜殿和沧海师兄的清风阁，这天涯海阁是整个崇华山最重要的命脉，而这《百花诀》不能离开天涯海阁半步，否则崇华山百里花木瞬间俱损，崇华山也会精力具散，百尺山崩。至于为什么由我来守护天涯海阁，师父当年一直未提起，师兄可知个中缘由？"我被渡沧海问住，双腿盘起饶有兴致的看着他。

{ 097 }

第二幕　沈子渊

渡沧海青衣一甩，重新落座。

"子渊，师父当年在山下捡到你的时候，你顺着冰心河从山下的山洞里冲出来，身上盖着一种我们从未见过的棉袍，手里紧紧攥着一个鸢尾花香囊，盛着你的木桶被湍流拍打得几乎碎掉，水已经漫了你半个身子，而你依然在木桶中看着他笑着，双手不断地拍打着身边的水。师傅说你命中与水有缘，便以子渊为号，赐名沈子渊，自小教你《百花诀》中的御水之术。这崇华山百里花木为水而生，自当是由你来守护天涯海阁和《百花诀》。"渡沧海回忆着。

我听罢微微一笑，抬起右手轻轻一晃，一股清水顺着龙须绕在我的周身，我稍运功，清水冲进身边的梅花炉。

"师兄，近几日在这天涯海阁闲闷得出奇，我便酿了这梅花琼露，师兄何不喝一杯品鉴一下。"说罢，我微微一指渡沧海椅边的梅花觞，一股琼露顺势注入。

渡沧海哈哈笑着举起身边的梅花觞，放在鼻尖轻闻了一下。"师弟，这天涯海阁遍地灵气，百花争艳，没想到你这御水之术还可以酿出这么甘醇的花露。看来改日我要把师父一起请来，一起享用这么上等的

琼露了！"说罢，渡沧海一饮而尽。

我和渡沧海正聊着，侍卫急急忙忙冲了进来。

"沧海上仙，子渊上仙，夜云心刚才在崇华山界碑上刻下了几行字便离开了！"侍卫报告。

"想不到她这么有雅兴啊！跑这么大老远就为了刻几个字！"我哈哈笑着，撩起袖子给自己斟了一杯梅花琼露。

"欸！师弟！"渡沧海示意我不要轻敌，"她留了什么话？"渡沧海问侍卫。

"无镜无相亦无德，难为沧海尽红尘。崇华子渊散正气，百花更待何时归？"侍卫回答。

渡沧海气愤得把手中的梅花觞往桌上重重地砸去。"这夜云心未免太妄自狂大，把我这崇华山当什么地方了，我们崇华山百年基业浩然正气，岂容尔等邪魔在此造次！"

"师兄，少安毋躁，师父说得对，这夜云心定是冲着《百花诀》来的。而今她放下狂言，定不会善罢甘休，我们还是要从长计议。"我对渡沧海说。

第二幕　沈子渊

"恩，师弟，我先行回无镜殿跟师父汇报。"说罢，渡沧海清风袖一拂瞬时离殿。

崇华山，论地位乃渊渊江湖众望之首，天下英雄马首是瞻，无论武功修为还是忠信仁义都是江湖楷模。当年无镜几乎散尽百年修为才将夜云心的师父梵音铲除，换得天下安宁数十载。如今夜云心潜伏修行，武功修为早已远胜其师，加上天下邪魔本一家，如今她招兵买马觊觎崇华山的镇山之宝《百花诀》，正邪一战早已注定，这一战只是时间问题。

二日，沧海师兄邀我去崇华山顶的云心亭一见。

"沧海师兄！"我赶到云心亭的时候他早已在那儿。

他回过身，从怀中拿出一封书信给我。

"子渊，夜云心昨夜派人送来此信，邀我去她的赤炼峰小聚。"沧海师兄看向崇华山外。

我哈哈大笑着把信扔向空中，转身拂起右手，青草百花上的露水顺势汇聚于我的掌心，待我一反掌，露水立刻变为数百冰刀，顷刻便将夜云心的信斩得七零八落。

"哈哈，师兄，现在信没了，你且当没有看到，我们静观其变，就

{ 103 }

第二幕　沈子渊

看这夜云心还有什么阴谋！"我哈哈大笑着，拉起沧海师兄的胳膊，"请！"顺手做了一个共邀下山的动作。

沧海没有理会我，继续叹了一口气。

"我说师兄，什么时候你变得这么优柔寡断了？清风阁一向最注重心法修为，我虽不懂个中缘由，但最近总觉得你似乎有什么事在挂怀。"我松开他的胳膊看向他。

"子渊，师父当年铲除夜云心掌门一党的时候，耗散百年功力，虽有幸保住性命但元气大伤，近年来邪教魔党一直在江湖兴风作浪，如今师父离再次闭关之日越来越近。此次闭关还不知是吉是凶，如果我此时离开崇华山，魔教一定会乘虚而入。虽说你仙为与我不相上下，但毕竟年少气盛，遇到事情容易冲动，做师兄的不放心啊！"沧海转身看向我。

我伸出手示意他不要继续说下去。"师兄，没有人需要离开崇华山，夜云心要你去赤炼峰，一定是百般设计和暗算，你定然不能去。"

沧海师兄继续看着远处的青山，并未回应我。

"怎么，你还真打算去？这夜云心看来对你果真是余情未了，看你

{ 105 }

第二幕　沈子渊

这般模样，是打算与她共赴赤炼峰小酌一杯了？"我有些气愤和责怪地看着他。

"子渊师弟，你真是越大越没个样子！"师兄伸手拂了拂我的头发。

"你就是对她余情未了，反正无论如何，你都不能去赤炼峰，有本事她就杀上崇华山，我第一个手刃了她。"说罢，我不顾沧海师兄的话，转身离开了云心亭。

火烧无镜

当年，沧海师兄和夜云心同时上山，无镜掌门见二人一片拯救苍生的赤子之心，便收留了二人，留在身边悉心教授修仙秘术，传授《百花诀》心法。沧海自幼习练《百花诀》中的御风之术，为人刚正不阿，风度翩翩，可谓是少年有为。师傅便将清风阁赏赐给了沧海师兄，掌握崇华山清风一脉，之后更被无镜掌门视为可传宗之人。而这夜云心却被师父贴身留在身边，自入门之日起便只传授内功心法，迟迟未传授任何武功。夜云心多次向师父和师兄问起个中缘由，师父却一直说一切皆有定数，夜云心还有一劫考验，待通过之日才可以正式飞升为崇华山静心阁阁主。

且说沧海与夜云心二人，共同进山修行期间，二人男才女貌互生情愫，后私订终身。

无镜掌门知悉一切后，唯叹孽缘难免，不日便闭关疗伤，临行前将

{ 107 }

第二幕　沈子渊

沧海叫到身边，叮嘱其看管好崇华山镇山之宝《百花诀》，小心防备夜云心。

起初沧海师兄并未了解"孽缘"二字深意，更未明白师傅闭关前嘱托的"小心防备夜云心"其中缘由，依然与夜云心情愫日深。

是夜，无镜闭关仅半年，无镜阁突发大火，火场中沧海和夜云心奋力灭火，才让无镜阁幸免一难。

大火过后的某夜，夜云心夜里突然来到清风阁，说是与沧海共商大计。

夜云心清退了清风阁所有侍卫和宫女，一个人在清风阁等待沧海。

沧海师兄不多时便出现，夜云心坐罢，从怀中取出的竟然是《百花诀》。沧海师兄陡然大怒，问她此书从何而来。

夜云心示意沧海师兄不要声张，坦言无镜阁的大火是她所放，镇山之宝《百花诀》也是她趁机偷盗出来的。

说到这里，沧海师兄瞬间抽出清风剑，架在了夜云心的脖子上。

夜云心说，自己跟随沧海师兄一起上山，数十载如一日般修习心法，尽心尽力为崇华山打点上下，却未得师父半点指点，自己一片赤子之心换鸿毛，倒不如趁师父闭关之际将《百花诀》偷出后闯荡天涯，更希望沧海师兄可以和她一起下山，早日平复四海，在江湖中立足。

沧海师兄红着眼睛，并未放下手中的清风剑，想到师傅闭关前的嘱托，看着眼前的心爱之人夜云心，剑在手中开始变得发抖，最后"哐啷"一声，清风剑掉在了地上。

后来沧海从夜云心手里抢回了《百花诀》，忍痛将夜云心清出了师门，夜云心临行前对沧海师兄伤心欲绝，发誓终有一日会回到崇华山，一洗前耻。

南宫儿

二日清晨，未等我梳洗打扮，云心亭的磬钟突然响起，我匆忙来到天涯海阁门口，看到天空中紫云漫天，空气中弥漫着一股奇香。

"迷魂散！"凭借着与生俱来的识香天赋，我不禁脱口而出，随机用拂袖捂住口鼻，退回阁内。

正在我焦急想对策之时，空中响起了沧海师兄的声音。

"夜云心，你未免太过狂妄，崇华山是你这等邪魔外道来的地方吗？！"是师兄的声音。

"沧海，既然你执意不肯见我，那我只好来找你。昔日一别已是数载，你还好吗？"夜云心并未因为沧海师兄的话而动怒，声音却格外冷静温暖。

"呸，轮不到你问我，你这个欺师灭祖的叛徒！"师兄回应道。

我取出《百花诀》放入怀中，转身一摆手，朝着阁内九龙柱的方

第二幕　沈子渊

向，水柱瞬间从梅花鼎内升起，汇聚在我掌心，我转身运功，水柱立刻变为一柄赤冰剑。

等我赶到天涯海阁之上，沧海师兄已经带领清风阁一众弟子会聚在了云心亭，与紫云中的夜云心对峙着。

"哈哈，夜云心，你好大的胆子，弄得我这天涯海阁乌烟瘴气的，是不是活够了？"我玩弄着手里的水雾，水雾内汇聚越来越多我的内力，变得异常坚硬和冰冷。

夜云心侧过脸看了我一眼，接着回过头去。"你算老几，我在崇华山的时候还没有你！"她轻蔑地冲我说。

"可惜最终被逐出师门的是你夜云心，《百花诀》就在我这里，有本事就来拿吧！"说罢，我转身朝崇化殿飞去。

夜云心一听到《百花诀》在我手里，转身便朝我涌来，一路追着我到了崇化殿前，我感觉气压越来越低，手里的赤冰剑发出"咯吱咯吱"的脆裂声，没想到夜云心还未靠近，内力却已经几近把我的剑震断。

"识相的话，就把秘籍交出来，我饶你们崇华山这群伪君子不死！"夜云心落在我面前，紫云随即散开。

{ 113 }

第二幕　沈子渊

　　我举起手中的赤冰剑，指着夜云心。"就在我这里啊，有本事来抢吧！"我开始运功，赤冰剑恢复坚韧。

　　夜云心哈哈笑着。"哈哈哈，真是不知死活，就算无镜今天在这里，我也不会把他放在眼里，更何况是你沈子渊。找死！"说罢，夜云心飞身旋转着，陵段随着她的腾空变得越发有韧性，抽打在地面上的青石板"哐哐"作响，石头裂开一道道口子。

　　我一拂袖甩出赤冰剑，赤冰剑飞速的朝夜云心插过去，边飞边吸引着崇华山瀑布的水流，等到了夜云心面前已经被水周身缠绕。夜云心双手奋力一分，水流被瞬间划开，赤冰剑被她紧紧地夹在双手中间。

　　"就这点本事了？"夜云心笑着，开始发力。

　　赤冰剑在她手中开始融化，最后"咔擦"一声被折断，箭头被夜云心翻身一甩冲着我飞来。

　　我正想躲避，一股清风顺势挡在我面前，是沧海师兄，夜云心甩来的箭头被击碎。

　　"夜云心，我劝你不要再纠缠了，如今崇华山正气汇聚，归心元气又如日中天，你是赢不了这一战的。"沧海师兄放下手中的清风剑，往

第二幕　沈子渊

前走一步，对夜云心说。

夜云心轻佻地往前继续迈着步子。"沧海，我不想伤及无辜，你只要把《百花诀》给我，我保证不伤你崇华山一草一木，安然离开。"夜云心说。

"放屁，今天你不但拿不到秘籍，你也别想活着走出这里！"我推开沧海师兄，双手聚于胸前，摊开后真气显现，崇华山瀑布发出轰轰的嗡鸣声，大地开始震动。

"今天我就让你见识见识，你不是一直想学《百花诀》吗？这就是百花诀的武功！"说罢，我双手掌心冲地，三根巨大的水柱从地面喷涌而出，升起数十丈高度，瞬间冲开夜云心的紫云阵。

"哟，终于使出真本事了！"夜云心依然轻蔑地看着我。

我没有理会她，继续运功，三根水柱开始合并成一根，朝着夜云心倾斜而去。

"子渊，收手！"沧海师兄冲到我身边，抬手欲阻止我运功。

"让开！"我发出十成内功，奋力一击将内力打入水内，冲着夜云心攻击过去。

第二幕　沈子渊

夜云心双手召唤紫云，瞬时紫云形成一道幕墙拦在她的面前，她以为这样可以挡住我的内力攻击，不料却被内力穿透直接打在她身上。

夜云心喷出一口鲜血，往后倒退三步。

"云心！"沧海师兄往前追了半步，瞬间停下。

我元气大伤，身子支撑不住，半跪在地上，身上的绫罗缎由白色变成粉红色。

凡修炼《百花诀》，每个习练之人在内功大损或者受伤的时候一定会显现征兆，而我自幼每次受伤，衣服都会变成桃花一般的粉红色。

"好你个沈子渊，没想到就凭你也伤得了我！"夜云心抹了一口嘴角的血，支撑着站起来。

我正打算再次运功，被师兄伸手拦卜。"帅弟，不要再运功了，你已经元气大伤了！"沧海师兄把我挡在身后。

"夜云心，你走吧，师父已经闭关了，今天有我在这里，你是拿不到《百花诀》的。"师兄说。

夜云心站起来扶着胸口，用手朝身后的手下招了一下。"小月，把宫儿带过来。"

半晌，她身后的一个侍女模样的人，带着三四岁的小男孩走到他身边。

夜云心冷笑了几声，嘴角又泛出一丝鲜血。

"宫儿，叫爹，这就是你爹。"夜云心俯下身子，拿起小男孩的手指向了我身前的沧海师兄。

"什么？夜云心你说什么！"沧海师兄往后倒退了一步，用剑抵住了地面。

夜云心抬起头，看了一眼沧海师兄，平静地说道："沧海，这是我们的孩子，他叫宫儿，南宫儿。"

沧海师兄不顾我拉着他的手，甩开我朝夜云心踉跄了几步。"宫……宫儿……"他俯下身子，双手张开示意让小男孩走过来。

"师兄！你不要轻信夜云心的话，不要中了她的算计！"我大声朝沧海师兄喊着，身子却越发沉重难以直立。

沧海师兄没有理会我，他继续朝小男孩张开双手。

"去吧，宫儿，去找你爹，快去！"夜云心开心地笑着，全然不顾已经受了重伤的身子，轻轻推了一下小男孩。

第二幕　沈子渊

　　小男孩抬头看了看夜云心，又看看沧海师兄，一步步朝着沧海师兄走过去，走到一半又不忘回头看看夜云心。

　　约莫还有两步远的时候，沧海师兄并步上前将小男孩抱入怀中。

　　"宫儿，你是我的儿子！我有个儿子！"沧海师兄激动地抱着南宫儿，激动得泣不成声。

　　"当年你逐我下山，我在山下遇到魔教突袭，是梵音救了我，把我带回余音洞疗伤，并且传授我武功。后来我发现自己已经怀了你的骨肉，但那个时候一切都已经回不去了，我只想保住我们的孩子，等有朝一日，我们一定会再团聚！"夜云心说着，眼角流出了两行泪。

　　"可是，"夜云心接着说，"可是你沧海自从把我驱逐师门，不顾你我当年的花前月下，全然无视我的生死。这么多年，我一个人养育我们的儿子，你又在哪里？"夜云心闭上眼睛，使劲憋住眼泪。

　　沧海师兄紧紧抱着南宫儿。

　　"魔教？我夜云心是魔教，你们崇华山就是名门正派？无镜当年杀了我师父梵音，就是因为她的师姐梵音比她更适合修炼《百花诀》，梵音才是崇华山真正的主人。如今师父已死，我夜云心来崇华山夺回《百

花诀》，又有什么不妥？历史重演，只不过这次的罪人不是我，而是你崇华山大弟子沧海！哈哈哈哈！"夜云心开始变得狰狞，笑声震彻山谷。

"云心，当年我逐你下山，是因为你火烧无镜阁，师父险些丧命，而你趁机偷走了《百花诀》。我身为崇华山的首徒，肯定要公正不阿地处理这件事，我又何错之有？"沧海师兄抬起头，看着夜云心说。

"至于宫儿……"沧海师兄说，"我真的不知道他的存在，如若我知晓这个世界上有一个儿子，我又怎么会坐视不理？"沧海师兄看着眼前的南宫儿，双手抱得更紧了。

夜云心看了一眼沧海师兄。"好，我给你一个机会，杀了沈子渊，带着《百花诀》跟我和宫儿离开崇华山，过往一切，我可以不再追究！"

我听罢，强忍着痛楚盘腿坐起来，用手指着夜云心说："呸，你以为师兄会上你的当？你以为有个孩子就可以要挟到师兄了？想杀我，可以啊，来吧，看看谁先死！"说罢，我双手背于身后，趁夜云心不备开始运功疗伤。

"你已经受了重伤，还这么伶牙俐齿？我知道你和沧海加起来，我

第二幕　沈子渊

不是你们的对手，但是你看看，你的师兄还会对我动手吗？"夜云心指了指沧海师兄。

沧海师兄依然紧紧地抱着南宫儿，全然没有顾忌我的伤势。

"师兄！"我喊了一声。

沧海师兄没有回头，抬手示意我停止。

"你！"我被他的举动弄得不知所措。

"云心，我很感激这么多年，你非但没有记恨我，还把我们的孩子养育成人。这么久了，我们都该放下了，不要再纠缠下去了！"沧海师兄对夜云心说。

"我纠缠？我放弃了夺回崇华山，我只希望你可以带着《百花诀》跟我和宫儿一起离开这里，我有什么错吗？至于沈子渊，我肯定要杀了他！现在无镜那个老女人躲起来闭关了，我必须要给我师父的在天之灵一个交代，沈子渊一定要死！"夜云心双瞳睁大，瞪着我。

"要杀要剐随你来！"我还在继续疗伤，内力几近恢复了三成。

"云心，带着孩子走吧，我不能离开崇华山，更不能背叛师门！《百花诀》一旦离开这里，崇华山会玉石俱焚的！"沧海师兄站起身，

第二幕　沈子渊

推了一下南宫儿，示意他去找夜云心。

"你！"夜云心听后气急败坏，怒不可遏，指着沧海师兄，气得浑身发抖。

"哈哈哈哈，你这个妖女，你也有今天啊，看来你又要空手而归了！"我身上的绫罗缎开始变回白色，我站起身抖了一下身上的天织纱，看向夜云心。

"你怎么……你的内伤？"夜云心惊愕地看着我。

"怎么，你吓到了？这就是《百花诀》的武功啊，怕了？"我哈哈大笑着。

"好，好你个渡沧海，沈子渊，今天我就与你们二人同归于尽！在临死前，我要先杀了宫儿！"说罢，夜云心使出黑云掌，冲着南宫儿打去。

沧海师兄见状瞬间将地上的清风剑甩出去，一阵强风夹着内力挡在了南宫儿头上，与黑云掌的内力展开了激烈的对峙。

"云心，有什么冲着我来，孩子是无辜的啊！"沧海师兄奋力抵抗着夜云心的致命一击。

"夜云心，你怎么这么毒辣啊，对你的亲生儿子都这么狠！"我看到夜云心要杀自己的亲生儿子，气愤地说。

眼看沧海师兄抵挡不住了，我重新召回赤冰剑，举剑冲着夜云心杀过去。

夜云心见我一同袭来，侧身将身上的绫缎甩向我，将我甩出五丈之外。

"今天就是拼了这条命，我也要拿回《百花诀》！"夜云心说罢，双眼充满了血丝，慢慢双眼变成黑紫色，沧海师兄的身子被黑云掌越压越低，眼看要招架不住。

我用尽全力将赤冰剑冲着夜云心插过去，宝剑刺穿夜云心的气墙，眼看就要刺入夜云心的要害。不料刚才的侍女飞上前，赤冰剑重重插在了她身上，侍女应声倒地。

"小月！"夜云心看到侍女被赤冰剑刺中，大吼一声奋力一击，沧海师兄口中喷出一口鲜血，倒在地上。

夜云心抱起地上的侍女，伤心地看着她，侍女已经断了气。

我飞到沧海师兄身边，不停地喊着他的名字。

{ 127 }

第二幕　沈子渊

"师兄！师兄！醒醒！"我不停地摇晃着他的身子。

夜云心放下死去的侍女。"沈子渊，你受死吧！"说罢，飞身朝我一掌击来。

刚才赤冰剑致命一击我内力大损，此刻早已不是夜云心的对手，于是闭上眼睛，用身子挡住沧海师兄，等待着最后的宣判。

就在夜云心马上要一掌击中我的时候，沧海师兄突然将我一把推开，他闭着眼睛，像是要任由夜云心把黑云掌打在他身上。

"师兄！"我大喊了一声。

夜云心被我的喊声惊醒，眼看要打下去的人是沧海师兄，她使出全力收回这一掌。不料被黑云掌的内力反噬，重重摔在沧海师兄面前，口中鲜血直流，掌心变成了黑色。

"云心！"沧海师兄冲上前，抱起夜云心。"为什么，这是为什么，为什么你不杀了我，杀了我，你我的恩怨就算了结了，你也不用这么痛苦了！"沧海师兄将夜云心抱在怀里，心疼地摇着她。

夜云心艰难地睁开眼睛。"沧海，这一生云心都未真正恨过你，云心自知罪孽深重，但师命难为，夺回《百花诀》是师父临终所托，我必须夺回。现在，我被自己的黑云掌所伤，筋脉尽断，离死不远了。"夜云心喃喃地说。

沧海师兄痛苦地哭着，将夜云心紧紧抱起来。

"沧海，你听好，我没有想真正伤害我们的孩子，我只是想逼你就范。没想到那个沈子渊会杀了我的贴身侍女，我才决定杀了他为小月报仇，不料最后却被自己的仇恨所伤。冥冥中一切皆有定数，我没有办法继续照顾我们的孩子了，今后宫儿就托付给你了！"夜云心说完，痛苦地扭转着身子，苦不堪言。

沧海师兄回神看了一眼南宫儿，又痛苦地看了一眼怀里的夜云心。

他从身后拿起清风剑。

"师兄！"见此状，我赶紧喊他。

他没有理会我，然后把清风剑举过头顶，将头背过一边，重重插进了夜云心的身体。

夜云心死了。

沧海师兄拔出清风剑，扬天大笑，笑声震响了整个崇华山。

他低头看着怀里安静的夜云心，用内力将夜云心眉心的紫云纹

{ 129 }

第二幕　沈子渊

消掉。

　　"云心，你可以安心上路了，今后再也没有痛苦了。"沧海师兄痛苦地摸着夜云心的脸，眼泪打在她的脸蛋上。

　　我走到沧海师兄身边，把手搭在他的肩上。

　　那天起，南宫儿被沧海师兄贴身带在身边，日子开始慢慢恢复平静，南宫儿也慢慢长大。

拜师

"子渊上仙，子渊上仙，你在干吗啊？" 一大早，殿门就被敲得阵阵响。

我无奈地摇着头笑着，从后殿走出将大门打开，门刚打开，南宫儿就手里拿着一枝梅花跑进了我的天涯海阁。

"子渊上仙，你陪我玩啊！"南宫儿在殿内一圈一圈地跑着，最后坐在我的蒲团上，两个小脚丫互相打着架。

我笑着飞到他身边，伸手取了一杯梅花琼露递给他。"哈哈，宫儿，你爹呢？怎么一大早跑到我这儿来了？" 我笑着摸着他的脑袋。

"我爹陪无镜师祖下山了，我在清风阁好无聊啊，爹爹天天逼我背书。宫儿不喜欢背书，宫儿要学武功，于是就偷偷跑过来了。"南宫儿喝了一口梅花琼露，"哇，真甜，我喜欢子渊上仙这里！"

我哈哈大笑着："那你干脆告诉你爹，你以后就住在我这里好了，

第二幕　沈子渊

我这里不用背书，而且我还可以教你武功。"我点了一下宫儿的鼻头。

"好啊好啊，我今天就跟爹爹说！"宫儿开心地说。

夜云心死后，南宫儿一直被师兄带在身边，师父也对宫儿爱护有加，可这南宫儿却偏偏对我青睐有加，只要师兄不在，他就会偷偷跑到天涯海阁。

眼看日落山头，宫儿也玩累了，就在我怀里慢慢睡着了。

"师弟，我现在把他带走，算不算夺你所爱啊。哈哈！"一阵清风落定，沧海师兄来到我殿内。

我打了一个小声的手势，示意他小点声。"你别吵醒了宫儿，他刚睡着。"然后我把宫儿慢慢放在垫子上。

"师兄，宫儿也慢慢长大了，你不能整天逼着他背书，总要开始慢慢教他武功心法。他遗传了你一身的骨骼经络，是一块练武的好材料。"我看着正在酣睡的宫儿，对沧海师兄说。

沧海师兄看看正在熟睡的南宫儿。"子渊，当年宫儿他娘就是因为一直想练《百花诀》里的武功，才弄到最后我们阴阳两隔。你我都是江湖中人，我不希望宫儿和我们一样，这一世打打杀杀，我只希望他可以成为一个正直的人，一辈子简简单单开心就好。"沧海师兄说。

我笑着让师兄落座，随手斟了一杯梅花琼露给他。

"师兄，你我都是修仙习武之人，为天下苍生共谋安稳盛世，一切皆为他人，又有何不妥？"我边笑边看着师兄，"师傅自幼教导我要心存善念，如今我独自掌管崇华山镇山之宝《百花诀》，自知身负重任，亦从未将个人生死放在心上。至于夜云心，她心中恶念丛生，一己私欲想霸占《百花诀》，这又怎能归结到修仙习武本身上去？宫儿一直跟着我们，况且他生性纯良，将来可以将我崇华山的威名发扬光大也未尝不可能啊！"我对沧海师兄说。

沧海师兄将梅花琼露一饮而尽，哈哈笑起来。

"师弟啊，看来你对宫儿的感情和期许比我还高啊，不如就由你来教导他？"沧海师兄双手对我作了一个揖。

"师兄信得过我，我自然尽力一试！"我开心地看向睡相奇特的宫儿。

自此，南宫儿便搬来了我的天涯海阁，日日在我的教导下背诵《百花诀》心法口诀，太阳初升就开始练习武功，十分勤奋。

"子渊师父，《百花诀》里的武功，哪种最厉害啊？"宫儿见我

第二幕　沈子渊

来视察他练武，便放下手里的剑朝我跑过来问。

　　我轻轻打了一下他的头。"又借机偷懒！《百花诀》里蕴含千重玄机，单是内心功法就已经有数十种，而武功则分为水、火、风、雷四个派系，要看修习之人的命数。你的师祖，也就是我和你爹爹的师父无镜掌门，修习的是御雷之术，可以调动九天玄雷为己所用，威力无比；而你爹爹天生心念苍生，为人潇洒不羁，最为适合修习御风之术；我天性自由散漫，为人不喜欢被人束缚，自然是修习御水之术。等你把《百花诀》里的基本心法背熟，就可以进入到下一个考验了，到时候就知道你最适合的是哪个派系。现在，快去练功！"

　　"遵命！"宫儿听罢，调皮地做了一个动作，又重新跑回院中练起功来。

　　看着宫儿练武，我像是看到了小时候的自己。

　　南宫儿在修仙习武方面的天赋让我十分惊喜，当时我被师父和师兄带回崇华山，年满十三岁的时候才学会《百花诀》的部分内功心法，而南宫儿现在只有九岁，才短短一年半的时间，就已经超越了当年的我。

　　"师父！"我转身朝殿门口作揖。

　　"子渊，宫儿最近怎么样啊，听他爹爹说进步十分神速啊，悟性比

{ 137 }

第二幕　沈子渊

你当年还要高啊，让为师看看！"无镜掌门随着一股淡香飘然入殿。

"师父，宫儿正在后院练武，徒儿带您过去！"我走上前，邀请师傅前往后院。

无镜掌门和我走到后院，见宫儿正在十分卖力地练习我最近叫他的武功。"我这就叫他停下。"我对师傅说。

"欸，不用喊他，我且看一下便好，"无镜掌门微笑着看着眼前的宫儿，"子渊，你本性善良，为师最终答应由你来教导宫儿，也是希望你的至纯之心可以洗清他身上的戾气。当年宫儿他娘夜云心杀孽太重，为师十分担心宫儿的心性是否可以被我们感化。"无镜掌门对我说。

我微笑着看向宫儿。"师父，当年宫儿还小，对于夜云心也只是一个模糊的记忆，徒儿相信假以时日，宫儿一定可以担当大任，光大咱们崇华山！"

"希望是为师多虑了，这《百花诀》内的武功看似威力无比，实际十分凶险，若非跨过考验，否则一定不要传授派系心法和武功给宫儿，你切记！"说完，无镜掌门便离开。

"徒儿遵命，恭送师父！"我朝师父作了一个揖。

怨琉璃

五年后。

"铛……铛……铛……"云心亭传来一阵阵急促的钟声。

"报！！！"侍卫推开殿门双手抱拳，"子渊上仙，不知从何而来的一群魔教人士，清晨突然围剿了我们崇华山，现在已经快杀到崇化殿了！"侍卫急切地说。

"魔教？魔教一党当年不是已经随着夜云心的死解散了吗？"我纳闷地问。

我看了一眼侍卫。"你确定他们是魔教的人？"我问他。

"是，他们不但自称魔教，而且还说今天要把教主救回去！"侍卫说。

"呵呵，教主？哪里又冒出了一个魔教教主？更何况怎么要来我这

第二幕　沈子渊

崇华山找他们的教主？"我冷笑着看向殿外。

"属下不知！"侍卫说。

"好，我倒要看看，是什么魔教，这么放肆！"说罢，我右袖一拂，赤冰剑从九龙柱的水中集结，我提起剑向崇化殿飞去。

崇华山百里祥云不见，顷刻间已变成紫红色，让我想起了当年的夜云心。

等我赶到崇化殿，一大群魔教狗党模样的人确实已经杀了进去。

"活腻了是吗？！"我挥动手里的赤冰剑，崇山百里花露瞬间集结成水雾，将殿内的叛徒瞬间冰冻。

"找死！"我正打算用赤冰剑粉碎这群魔教徒，手中的剑被一股清风挡下。

沧海师兄出现在眼前。

"师弟，切莫妄造杀孽！"师兄对我说。

我收回赤冰剑。"师兄，魔教当年不是已经被铲除了吗？他们从哪里来的？！"我问他。

"具体来路我还没有打探清楚，但他们这么大规模突然来袭，必定是有所预谋，我先去关内通知师父，你不要轻举妄动，守好崇化殿！"说完，沧海师兄转身朝无镜阁赶去。

"师父！发生什么事了！"一个声音从崇化殿外传来。

紧接着，一身暗红素衣的少年脚踏红云进入殿内，落在我身边。

是南宫儿。

当年掌门无镜闭关之前，亲自参加了南宫儿的试炼考验，《百花诀》里所有内功心法南宫儿悉数它在心，在通过了重重险关之后，顺利突破了考验。掌门无镜亲赐天山阁给了南宫儿，因为南宫儿命字属火，为人桀骜不驯却又侠肝义胆，所以师父命我将《百花诀》中的御火之术传授给了南宫儿。自此，南宫儿成为继无镜阁、清风阁、天涯海阁之后的第四重山——天山阁。

"宫儿，现在殿外是什么情形？"我问南宫儿。

"山下的魔教之徒已经被我铲平，我赶到崇化殿的时候就看到这群魔教徒都被冰冻住了，想必师父你一定在殿内，可是为什么不杀了他们？"南宫儿问我。

{ 141 }

第二幕 沈子渊

我收起赤冰剑。"若非沧海师兄拦住我，这些人已经化成一摊血水了。"我瞥了一眼前面的魔教徒。

"哈哈哈，这么多年，你沈子渊还是这么狂妄啊！"殿外传来一阵轻蔑的大笑。

"有本事就出来说话，躲躲藏藏的算什么东西！"我回应。

"好啊！"话音刚落，殿外涌进一团紫云，气压骤然变低，可想此人内力十分了得。

"莫不是……不会，夜云心已经死了，那这是？"我开始在心里嘀咕。

紫云落定，从云后显出一人。

"哦，我当时是谁，原来是夜云心当年的丫鬟怨琉璃。"我哈哈笑着，低头顺了一下袖口。

"沈子渊，当年你们崇华山杀我教主夜云心，抢走教主年幼之子，时隔多年，这些如今我们都可以不跟你算。今天只要你交出我们的小教主，让我们带走《百花诀》，我就饶你们崇华山不死！"怨琉璃狂妄地叫嚣。

{ 143 }

第二幕　沈子渊

"就凭你？哈哈哈，夜云心死了你是不是伤心过度了，当年她都耐我们不何，你能在这里耍什么花招？"我完全没有理会她。

"论武功，我确实比不上你，但是你别忘记了，这么多年你把我教主的儿子南宫儿带在身边。如果他知道了你就是他的弑母凶手，他还会这么听你的话吗？！"怨琉璃大声喊。

"……"南宫儿手里的星火剑掉在地上，"什么，你说谁是我母亲？又是谁杀了她？"南宫儿吃惊地看着怨琉璃，转头又看向我，像是有成千上万的问题要问我。

"放你的屁，受死吧！"我举起赤冰剑，内力随机灌满全身。我奋力一挥，眼前的魔教徒瞬间化为冰碴碎在地上，怨琉璃倒退两步，嘴角涌出了鲜血。

"住手！"南宫儿大吼一声。

我瞬间愣住，怔怔地看向他。

"你！"他指着受了伤半跪在地上的怨琉璃，"你刚才说谁是我母亲？谁杀了她！说了我今天饶你不死！不说我现在就杀了你！"南宫儿

第二幕　沈子渊

再次举起手中的星火剑。

"宫儿，你不用理会这些魔教人，不要中了他们的算计！"我对他说。

"算计？当年如若不是你，夜云心也不会死，他们一家人怎么可能阴阳两隔？"怨琉璃抬起眼，愤恨地看着我。

"你说，夜云心，是……是我母亲？"南宫儿惊愕地看着怨琉璃，走向她。

"是，夜云心就是你亲生母亲，你是她和渡沧海当年的私生子。渡沧海抛弃了你们娘俩，你娘带你回来找你爹，却被这个沈子渊给杀了！"怨琉璃对南宫儿说。

南宫儿错愕地回头看向我。

"她说的，是真的吗？师父？"南宫儿问我。

我放下手里的赤冰剑。"宫儿，你听我说，当年事情并非你所想的那样。夜云心带着魔教众徒杀了大批的崇华山弟子，当年你爹放她一条生路，她却依然想带走《百花诀》，最后你爹因为她险些丧命，我不得不出手手刃了她。"我对宫儿说。

南宫儿双眼通红，眼泪一串串地流出来。

"可是，是你杀了夜云心，即使她是魔教的人，但她是我娘啊！"南宫儿冲着我喊道。

"宫儿，事情不是你想的那样，你听为师……"我走上前，想安抚一下南宫儿。

结果他通红着双眼一把推开了我，示意我不要多讲。

怨琉璃见南宫儿一时情绪冲昏了头脑，便支撑着身子继续说："你娘当年带着你上山，是想告诉你爹，这个世界上他还有一个儿子。没想到你这个所谓的师父，沈子渊，破坏了你们一家三口团聚的机会。"

"怨琉璃，你一再挑唆我们师徒的关系，今天就是你的死期！"我用赤冰剑打出一道水气，冲着怨琉璃冲过去。

"够了！"南宫儿怒吼一声，星火剑划过崇化殿穹顶，内力激荡起一股火墙，将我的水气挡回，直冲我翻身回来。

眼见将被自己的赤冰剑所伤，我飞速旋转起身子，水气擦过我的脸颊，在脸上刻出一道血痕。

"宫儿……你……"我一脸惊讶地看向他。

第二幕　沈子渊

"南宫儿，如今你已经知道你娘当年的死因了，我们魔教所有人都愿意为您马首是瞻，替您和夜教主报仇！您就是我们今后的新教主！"怨琉璃凑到南宫儿身边，继续说道。

"宫儿，你听师父说，等今天处理完魔教的事情，我会和你爹一起跟你把当年的事情说清……"我站起身来对他说。

南宫儿再次抬起头，看向我，眼神中已经没有了怨恨。

他将星火剑收起，双手抱拳，跪在了我面前！

"师父，您自幼把宫儿带在身边，传授宫儿武功和做人的道理，宫儿一直把您当成亲人看待。可是今日发生之事太过突然，宫儿一时之间没了主意。但是，弑母之仇不共戴天，既然您是杀害我母亲的凶手，那宫儿今后也没有办法继续伺候您了！宫儿在此谢过师父的培育之恩！"

然后，南宫儿伏在地上，对我行了三个大礼。

我含着泪摇着头。"宫儿，你切莫糊涂啊，不要一失足成千古恨啊！"我心疼地看着他。

南宫儿没有理会我，站起身，转向怨琉璃。

"你！"他指着怨琉璃说，"告诉外面魔教的人，即刻退出崇华山，不得有误！我随你走便罢！"南宫儿说。

"是！教主！"怨琉璃面露喜悦之色，赶紧附和道。

"宫儿！"我看着南宫儿背影，喊了一句。

南宫儿离开崇华山，勾起了沧海师兄心中对夜云心多年的思念之情，加上如今宫儿已经离去皈依魔教，师兄悲痛欲绝，一个人在云心亭日日饮酒，不再理会崇华山教众之事。

"冤孽，一切都是冤孽啊！"掌门无镜不知何时来到我身边，看着云心亭里酩酊大醉的沧海师兄。

我看向掌门。"师父，当年夜云心死前说，魔教的梵音是您的师姐，这是真的吗？"

掌门无镜看着沧海师兄，没有说话。

"没错，梵音确实是我师姐。当年，我和梵音一起上山拜师学艺，师父从一开始就对梵音青睐有加，但是后来梵音与山下弟子私会，被师父知道后严加责备。梵音不顾师门规定，决定与山下的男人私奔，结果师父一怒之下杀了梵音的男人，梵音也被囚禁了起来。"掌门无镜回忆道。

{ 149 }

第二幕 沈子渊

"所以后来，梵音就记恨师门了吗？"我问。

"后来，梵音告诉师父决定洗心革面，痛改前非，不再理会人间情事。她也确实是这么做的，但是在修炼《百花诀》武功心法的时候，师父说她过于急功近利，继续修炼会走火入魔，所以不再传授她《百花诀》的武功。"掌门无镜说。

"所以梵音做了跟夜云心一样的事，偷了《百花诀》？"我问。

掌门无镜摇摇头，叹着气说："一切皆有定数，梵音偷了《百花诀》决定下山，结果被师父发现，被师父以背叛师门为由逐出了崇华山。"

我无奈地看向云心亭。

"如今宫儿在误会中离开，带着这股怨恨加入魔教，他日一定会重回崇华山，重现夜云心的历史。"掌门无镜说。

"师父，徒儿对宫儿有信心，他是我一手带大的，加上他本性纯良，并不像当年夜云心一样嗜杀成性，相信给他点时间，他会想明白的。"我对掌门无镜说。

"但愿宫儿可以闯过自己这一关。"师父说完便离去了。

第二幕　沈子渊

吴国之战

自此数载，南宫儿音讯全无。

某日清晨，我正在天涯海阁殿内修炼内功，沧海师兄推开殿门，跌跌撞撞地走进来。

"师兄，大清早的，你怎么又喝多了！"我赶忙起身，责备地走上前，看着师兄消瘦的双颊，心里不免生出些许心疼。

沧海师兄被我驾到椅子上。"子渊师弟，我想明白了，我不要再这么痛苦了，我要去把宫儿找回来！"他说。

"师兄，魔教这么多年蠢蠢欲动，就是因为找不到合适的理由再掀江湖风雨，如今你直入魔教找宫儿，恐怕此行一路凶险啊！"我忧虑地看着师兄。

沧海师兄把身子坐正。"这几年，我把自己困在崇华山，思妻念儿的日子让我生不如死。与其在这里坐等，还不如去把宫儿找回来！"

{ 153 }

第二幕　沈子渊

我坐在师兄旁边的椅子上。"师兄，既然你心意已决，子渊愿意陪你一同下山。宫儿虽是我徒弟，但自幼跟着我，犹如亲生儿子一般，此行虽艰险，但是我愿一同前往！"我对师兄说。

"好，宫儿最听你的话，有你在，宫儿会回来的！"师兄说。

"明日我打点好崇华山的一切，便与沧海师兄一起去赤炼山，把宫儿找回来！"我说。

五日后，我和师兄来到了魔教圣地赤炼山，此行一路凶险不便再提。

我在山下抓了一个魔教的巡山。

"今天算你命大，留你一条狗命，去通知怨琉璃，就说崇华山沧海上仙和子渊上仙来了，让他们把南宫儿交出来！"说罢，我把这个喽啰扔在地上，他吓得赶忙往山上跑去。

没过多会儿，山上传来了一阵大笑。

"哈哈哈，快让我瞧瞧，这是谁啊！哟，这是当年风流倜傥的沧海上仙吗？几年不见怎么变得这么憔悴了啊！还有子渊上仙，你不在你的天涯海阁做神仙，怎么跑到我们这魔教的地盘里来了？"是怨琉璃的千里传音。

我走上前一步，将袖子甩到身后。"呸，你以为我们是为了你们区区魔教而来？识相的，把南宫儿交出来，今天本上仙还可以网开一面，留你们一条狗命！"我对怨琉璃说。

"可以啊，你们自己上山来找吧！"怨琉璃咯咯地冷笑着。

"怕你？"我青衣一拂，和沧海师兄一起朝山上飞去，不多时便到了魔教总坛赤炼峰。

我和沧海师兄直入殿内，发现怨琉璃正在总坛边，手里正在擦拭着星火剑。

"宫儿的剑，宫儿呢！"沧海师兄见状，赶忙看向四周。

"混账，我崇华山的星火剑岂是你这等邪魔外道可以拿的，给我拿过来！"我脚一踏地，身体飞身旋转朝着怨琉璃飞过去，企图夺下星火剑。

快接近怨琉璃了，总坛中央的幕帐后打出一股真气，我用力一躲，险些被击中，但身子还是被推出了几步远。

{ 155 }

第二幕　沈子渊

"……这是……这是御火术……不，不可能，不可能是宫儿！"我被沧海师兄扶稳身子，惊讶地看向幕帐。

怨琉璃见状，赶忙走上前。"南教主，您的星火剑！"

"南教主？"我和沧海师兄异口同声地问。

幕帐落下，现出一个熟悉的身影。

"宫儿，是爹的宫儿啊！"沧海师兄欣喜地走上前。

"站住！"怨琉璃走上前挡在沧海师兄面前。"这里没有你的南宫儿，只有我们魔教新任教主南宫离！"

我上前拉了一把沧海师兄。"师兄，小心为上。"

我把师兄拉到身边。"宫儿，是你吗？是为师沈子渊。如果是你，便出来说话，师父今天和你爹来，就是要把你带回崇华山，你不要怕！"我对着那个身影说。

"你们回去吧！"那个身影说。

沧海师兄听到这个声音瞬间来了精神。"是！是！是宫儿的声音，子渊你听啊，是宫儿的声音！"他不停地拉着我喊道。

"宫儿，如果是你，你出来讲话，你爹和为师都很思念你！"我又对着那个身影说。

"我说了，你们回去吧，不要在这里了，不然我就不客气了！"宫儿的声音对我们说。

我把师兄挡在身后。"不客气，好一个不客气，我倒要看看你怎么个不客气法！"说罢，我把师兄往后一推，亮出赤冰剑便向那个身影飞过去。

"你这是自找的！"那个身影说完，拿起星火剑对我一挥，一道火痕向我打过来。我急忙闪躲落在那个身影面前，挥起赤冰剑便向那个身影刺去。

随着我的剑刺过去，那个身影的面罩被我揭了下来。

我愣在了那里。

"宫儿，真的是你！"我激动地走上前，想伸手摸一下宫儿的头，但是眼前的一幕让我的手愣在了原地。

"宫儿，你的脸，你的脸怎么了！"我伤心地冲着南宫儿大喊着。

南宫儿重新把面罩拿起来，戴在脸上，但是依然遮不住一道道火烧般的疤痕。

第二幕　沈子渊

他冷笑道："这都拜你沈子渊所赐啊！如若不是当年知晓你是杀我亲生母亲的人，我又怎么可能离开崇华山，独自在这乌烟瘴气的魔教总坛修炼御火术，却因为放不下复仇的杀念以致走火入魔，将自己烧成现在的样子！"

沧海师兄不知何时已经走到我身边，他走上前，心疼地双手不停地颤抖。

"宫儿，这么多年，你还是没有放下，为师会给你一个交代，你且随我先回崇华山，我会找到治好你脸的法子的！"我心疼地对宫儿说。

南宫儿把脸回过去。"如今我已经回不了头了，我身负太多杀孽，江湖人早已对我恨之入骨，这里再也没有南宫儿，只有魔教教主南宫离！"说罢，他又打出一道火痕，将我和沧海师兄推出几步之外，沧海师兄没有闪避，嘴角流出一丝鲜血。

"师兄！"我赶忙扶住他。

怨琉璃赶忙走到南宫儿面前。"我们教主已经饶你们不死了，还不走！"

"好，宫儿，既然你执意不肯跟我们走，那你好自为之！"我架起沧海师兄，向殿外飞去。

自那日离开赤炼峰，魔教大举进发中原，一时间生灵涂炭，百姓苦不堪言。

掌门无镜邀我和师兄一起在云心亭共商对策。

"宫儿如今成了魔教的首领，虽说他的转变与我们崇华山有脱不开的关系，但是这些恩怨纠葛始终要有一个了断。如今魔教祸害人间，百姓叫苦连天，我们不能袖手旁观。"掌门无镜对我和师兄说。

"师父！"师兄说，"宫儿天性善良，只是因为误信了魔教的谗言，才会变成今天的样子。如若当年我没有杀了她亲娘，他也不会这么恨我！还望师父三思啊！"师兄哀求道。

"师父，宫儿的离开和我有很大关系，当年是因为我，沧海师兄最后才不得不杀了夜云心。如今宫儿带领魔教为祸人间，我这个做师父的有脱不开的责任，就由我去，把宫儿带回来，我一定会让他洗心革面，还天下一个交代！"我对掌门无镜说。

掌门无镜摇摇头。"哎，一切都是命数，缘起缘灭皆由一念之间，就由你去吧，子渊！"

第二幕　沈子渊

　　"是！请师父放心，徒儿一定把宫儿完整无缺地带回来！"我赶忙抱拳回答道。

　　是夜，我与沧海师兄于云心亭。

　　"师弟，今日听清风阁的线人回报，魔教余党在苏州一带为害一方，当地百姓更是传闻魔教新任教主嗜杀成性，百姓无论幼小年迈，全部困于鼎炉之内，被火活活烧死。你看是不是宫儿所为呢？"沧海师兄焦虑地问我。

　　我拿出《百花诀》递给师兄。

　　"师兄，当年宫儿的御火之术是我亲自传授，这御火术最重要的就是要神火和心火统一，方可驾驭四方火脉，现在宫儿被个人内力所伤，一定要取新鲜火脉来补充自己的内力。按咱们崇华山《百花诀》的修习方法，要待每十年一次的山火爆发之时，取地脉之纯阳之火以填内力，但是宫儿明显等不及十年一次的山火，所以他在用邪术修炼活人的火脉来治愈自己的内伤。看这情形，应该是宫儿所谓无疑。"我对师兄说。

　　"造孽啊，因为我当年的举动，让宫儿变成了今天的样子！"师兄痛苦地捶打自己。

{ 161 }

第二幕　沈子渊

"师兄，你听我说，宫儿虽然已经走火入魔，但是当年师父之所以让我来传授宫儿御火之术，就是因为火系武功心法与我的御水术内功心法相生相克，本来是打算万一宫儿走火入魔好由我来帮他通过难关，不想宫儿一走便是多年。但你不要担心，我已经找到了治好宫儿的办法，等我把他带回来，我一定会倾我所能治好他！"我拦住师兄对他说。

"师弟，那就有劳你了！"沧海师兄半跪在地上，对我行了大礼。

我赶忙把师兄扶起来，与他一起下了山。

第二日，我正在天涯海阁传授新任弟子心法，云心亭的钟声再次急促地鸣响。

我飞身离开天涯海阁，赶往云心亭。

"子渊上仙，刚才掌门无镜紧急召见了沧海上仙。今天早上有山下门派的人跑到了咱们崇华山，说魔教的南宫离带着一群魔教人在苏州城不停地将人关押起来。"敲钟的侍卫对我说。

"不停地关押？怎么关押？"我纳闷地问侍卫。

"听来的人说，是一家一家的关押，也不关在别处，就关进自己

第二幕　沈子渊

家。"侍卫说。

"关进自己家……"我自己在心里想着。"糟糕！"突然我打了一个激灵，"你去告诉无镜掌门和沧海师兄，我现在便起身赶往苏州城，一定会把宫儿完整地带回来，让他们少安毋躁！"

说罢，我从崇华山飞瀑里招出赤冰剑，飞身下山。

苏州城地属吴国中心，水陆纵横交错，河街相邻，但当我赶到苏州城的时候，已经全无昔日水乡盛景。

苏州城内遍地荒芜，百姓神色慌张地穿梭于街巷，魔教的人封锁了各个街口，正在不停地盘查着过往的百姓。

"宫儿啊，你到底要糊涂到何时啊！"我在心里想。

我飞身降落到苏州城的青云塔塔尖。

"南宫儿，我是师父，你听师父的话，不要再执迷不悟继续涂炭生灵了，你本性纯良不该如此。且随师父回崇华山，师父一定会帮你给天下人一个交代！"我用千里传音向城内喊。

话音刚落，城西升起一团红光，一个身着红衣的少年出现在苏州河畔。

"沈子渊，上次在赤炼峰我念及师徒之情，已经放了你一马。今天你自己找上门来，就不要怪我不客气了，识相的赶紧离开这里！"

是南宫儿。

"宫儿，你听为师的话，师父知道你因为走火入魔而内功受损，但是你这样滥杀无辜是帮不了你自己的。你跟师父回去，师父帮你疗伤！"我继续对着宫儿喊道。

南宫儿仰天大笑，旋即对我说："呸！等我冲破了《百花诀》御火术的第九层，别说是你，就算是你们崇华山元老全部在我面前，我也不会把你们放在眼里！识相的赶紧走！不要逼我杀了你！"南宫儿气焰嚣张地对我怒吼。

我无奈地摇摇头，冲着南宫儿的方向飞过去。

"今天，拼了这条命，师父也要把你带回去！"我在心里不停地想着。

南宫儿见我不肯善罢甘休，拿着星火剑腾空而起。"好，是你找死的！"他边说边顺势向我刺来。

第二幕　沈子渊

　　我落在一座屋顶，看着宫儿向我飞身刺来，我收起赤冰剑，闭上了眼睛。

　　"好，既然你执意要死，那就不要怪我了！"南宫儿叫嚣着，继续向我刺来。

　　就在星火剑离我只有半丈的时候，南宫儿咬牙一转身，星火剑从我右耳间划过。我被星火剑的剑气所伤，一口鲜血从口中喷出，被打倒重重地摔在了地上，右手被星火剑划出了一道深深的口子，鲜血瞬间涌出来。

　　南宫儿落在屋顶上，冷漠地看着我。

　　"宫儿，师父知道你不会下手的，如今一切还来得及，你且放手把，随我回去，为师会和你共同面对天下。"我倒在地上，因为刚才被星火剑的内力击中，我痛苦地难以坐起来。

　　南宫儿轻蔑地看了我一眼。"沈子渊，我饶你一命是念在昔日你对我的养育之恩。这一剑之后，你我互不相欠！如果你依然要阻止我，那今天我只能让你血溅当场了！"南宫儿继续对我说。

　　我擦了擦嘴边的血。"宫儿，凡事冤有头债有主，是我当年杀了夜

第二幕　沈子渊

云心，如果杀了我可以平息你内心的怨恨，那你就杀吧！"说完，我闭上了双眼。

半晌，南宫儿没有动静。

等我睁开眼睛，宫儿已经不在我眼前了。

我正四处寻找着南宫儿，大地顷刻间开始震动，发出巨大的轰隆声。

"糟了！宫儿，快住手！"我对着天空大喊，转身用尽全身力气腾空而起，寻找着宫儿的身影。

果然如我所料，南宫儿正在苏州城正上方，四条火龙般的烈焰从他四周的地面升起，巨大的火焰旋涡把他紧紧包裹在里面，火焰的旋涡范围波及越来越广。我感觉双眼和皮肤都在燃烧，不得不用手抵挡住袭来的烈焰。

南宫儿还在继续运功。

"宫儿，不要啊！你这样做，就再也回不去了！"我不顾被御火术烈焰烧伤，心里想，担心的事最终还是发生了。

南宫儿之前把所有百姓困于自己的家中，然后他运功逼出自己所有的内力火烧苏州城，这里会瞬间变成一个大的炉鼎，他便可以瞬间吸到百倍的新鲜火脉，用于补充自己亏损的内力。但是，这种毒辣的招数会反噬他的心智，他的内力会百倍增长，但是内心却会越来越暴戾，越来越血腥。

他好像完全没有注意到我，继续催生着越来越大的烈焰旋涡。

苏州城开始变成一片火海，百姓的哭喊声划破天际。

我拼尽全力往前冲着，企图穿过御火术的烈焰阻止南宫儿，却不想身子被一次次推回来，伴随着万般火焰灼烧的痛楚，我的赤冰剑开始融化。

我痛苦地哭喊着宫儿，却看到他的双眼在烈焰中越来越鲜红，越来越邪恶。

"我的宫儿啊，为何你要如此糊涂啊！"我痛苦地哭喊着。

眼看苏州城所有的屋顶已经变成火海，我重新用内力铸回了赤冰剑。

"宫儿，为师无能为力了，但是百姓不能因为你我的怨恨而遭殃，你不要责怪师父，师父不能看着生灵涂炭。"我在心里难过地想着。

第二幕　沈子渊

　　我把赤冰剑用内力射向天空，赤冰剑划过烈焰，在天空制高点破碎，打出了一个巨大的冰花。

　　我要通知崇华山迅速发兵。

　　然后，我闭上双眼，身体开始慢慢飘向空中。

　　"宫儿，师父来了！"我在心中呢喃。

　　等上升到南宫儿的上方，我睁开了双眼。

　　我慢慢张开双手，举过头顶，在身体两侧慢慢张开，淡蓝色的水雾开始凝结，苏州城百条川流仿佛受到了我的感召，水浪开始互相击打，打出隆隆般的雷声。

　　"今天，为师要为了天下黎民百姓的性命，杀了南宫儿，清理师门。"

　　"宫儿，你不要怕，师父杀了你以后，也会自行了断，还你和天下人一个交代！"

　　说罢，我拼尽全力将毕生功力凝于双掌之中，天空瞬时由晴转暗，巨浪夹杂着雷声开始四处翻腾。

　　我闭上双眼。"我崇华山天涯海阁阁主沈子渊，一生清寡，此生无杀戮无眷顾，为挽爱徒而了却此生，希望可以换得天下苍生一世太平！"

心里想着，内力已经全部被我集聚在手中。"今日，我要倾尽己命。愿我一人之力可以挽救天下苍生，那我也死得心甘情愿。"

想罢，我用力将内力击向空中，一道道的水柱顺着我的内力射向空中，我旋即转身将水柱化作无数根赤冰柱，不断地将赤冰柱击碎。每击碎一根赤冰柱，便感觉自己的内力被挖空一截，赤冰柱化作无数冰晶散落，整个苏州城仿佛六月飘雪，火势瞬间被压制。

眼见火势快被熄灭，杀红了眼的南宫儿举起星火剑，凶恶地朝我刺来。

我闭上双眼，用仅存的内力化作一道水墙，南宫儿穿过水墙，不料却被我的寒冰术迅速冷却，失去了威力的星火剑和南宫儿被击昏。

"既然所有都已回不去，为师愿意陪你共赴黄泉！"我拿起手中的赤冰剑，向南宫儿刺去。

南宫儿被我的赤冰剑一击毙命，生息全无。

"不要！住手！"耗尽内力已然将气绝的我，在用剑刺穿南宫儿的

{ 171 }

第二幕　沈子渊

前一刻，身后传来了一声叫喊。

然后，我感到自己被奋力击出的一掌打出水墙，重重地摔在地上，奄奄一息。

"宫儿，爹的好宫儿，你这又是何苦啊！"沧海师兄痛苦地抱着南宫儿，撕心裂肺地叫喊着宫儿的名字，不停地摇晃着他。

"师兄……"我喃喃地叫了一声。

听到我说话，沧海师兄抱着已经离世的南宫儿，飞身降落在我身边，痛苦地看着我。

"这……这一切究竟是怎么回事啊！师弟，你告诉我啊师弟！"沧海师兄仓皇地问我。

可惜此时的我，只能艰难地看着他，早已经说不出完整的话。

"怨琉璃早上突然跑到崇化殿，说你在苏州城找到了宫儿，但是宫儿不肯跟你回来，你便用苏州城百姓的性命相要挟，放言说，如若宫儿不跟你回崇华山，你便血洗苏州城。"

他焦急地说。

"起初，我们认为是魔教的人挑唆，并未相信。但是云心亭侍卫说，突见苏州城上空升起赤冰剑，击出百里冰花，陨落的冰箭全部刺向苏州城，我们才误认为你真的是要挟宫儿回来。本来是要来阻止你的，但等师兄赶到这里，正看到你要用赤冰剑刺向宫儿，才不得不出手阻止了你啊！"沧海师兄懊恼地对我说。

我还是喃喃地说不出话。

"子渊，师弟……我……"他依然痛苦而欲言又止地看着我，然后伸出右掌，打在我肩膀上给我灌注他的内力疗伤。

我难过地躺在地上，艰难地抬起手示意他不要再白费力了。

"师兄……你听我……说，宫儿已经回不去了。他今天要用……要用苏州城的百姓换他的内力……如若我今天不杀……不杀了他，天下苍生就危在旦夕了……"我喃喃地说。

他悔恨地抱着南宫儿，低身伏在我身边，用另一半身子支撑我艰难地坐起来。

"子渊，师兄不怪你，你不要再说话了，你伤势太重，让我快点带你回崇华山找掌门疗伤。"他试图将我拉起来。

转身，他愣在了原地。

第二幕　沈子渊

"你……子渊师弟……你……你的衣服……"他惊愕地看向我。

我低头看向自己，雪白色的绫罗缎和天织纱不知什么时候，已经变成了鲜红色。

"师兄……你听……我说……我的内力已经耗尽，普通伤势我的天织纱会变成桃花色……但……血红色说明我已经伤势过重，无药可救了你不要再徒劳了。等我死后……把……我和宫儿的尸体带回崇华……山，就把我们埋在……埋在我的天涯海阁，让子渊和宫儿一起回家吧。"弥留之际，我从嘴边艰难地说。

"子渊师弟，子渊师弟！"伴随着沧海师兄的叫喊声，我昏死了过去。

不知过了多久，我被一阵微风吹醒。

我睁开自己的眼睛，感觉自己睡了很久，身体却动弹不得。

"我……我这是在哪里？"我微微感知着自己的身体，头疼得要命，却完全感觉不到任何部位。

声音怎么也发不出来，或者，有什么东西，挡住了我自己的嘴巴和耳朵。

"……是……是……冰……"我发现自己全身被冰封住了，困在了一个巨大的冰石里，无论我怎样拼尽全力地动弹，都无济于事。

我正在不知所措地东张西望，突然发现，对面的洞壁上仿佛有什么字。

借着洞穴一丝的光线，我努力睁大眼睛看过去。

"子渊师弟，是我，渡沧海。"

"渡沧海？"我纳闷地念道。

突然间，我的头炸裂似的生疼，一些莫名其妙的人和画面涌进了我的记忆。

"……在天涯海阁里跌跌撞撞乱跑的宫儿……一身素衣、风流倜傥的沧海师兄……师父，还有师父……"我被动接受着各种各样的画面。

"沧海师兄！"突然间，我好像全都想起来一般，心里打了一个激灵。

"子渊师弟，是我，渡沧海。当年苏州城一战，宫儿因为迷失自

{ 175 }

第二幕　沈子渊

我，被你一剑清师门，而你自己也因为内力耗尽，几欲气绝人亡。"

"……那我，是死了吗？"我借着洞穴内的光亮，环顾四周，突然发现这里居然是清风洞。

"清风洞？我怎么会在清风洞？师兄！沧海师兄，你在哪里啊！"我纳闷地喊。

而任凭我千般呼喊，声音却被封在冰石里面几乎听不到任何声音。

"子渊师弟，宫儿已经按照你的嘱托，被我和掌门无镜埋在了天涯海阁。把你带回来的时候，你已经筋脉尽断，但是掌门无镜说你命不该绝，于是，我们师徒二人将你置于清风洞中，把毕生功力全部传给了你，用来护住你的元神不散。师父用最后的修为制造了这座冰石将你封锁，以保存你的肉身。虽然现在你不能苏醒，但是将来某个时日，你一定会再次醒来。崇华山就交给你了，希望你可以将崇华山武功发扬光大，守护天下苍生，存山河正气！"

"沧海师兄……师父……" 我感觉到两行热泪顺着脸颊留下来，冰面因为碰到热流，发出碎裂的声音。

不知过了多久，我渐渐地昏睡过去，朦胧中感觉整个身体随着冰石被人搬起来，光线忽明忽暗。可任凭我怎么挣扎，浑身也动弹不得，双眼更是不能睁开。

我昏昏沉沉地随着冰石中摇晃着，周围的人用我从来没有听到过的语言交流着，我感觉自己好像被扔在了一艘巨大的船上，海浪声每晚都在耳边狂啸。

"沧海师兄……宫儿……" 我再次昏睡过去。

{ 177 }

第二幕　沈子渊

第 三 幕

QUIN

当你决定了，一切便不可折返，
从今天起，你将永葆青春，永生不死，
一辈子做我的仆人。

初拥

"You can no longer go back on（你不能再回去了）."

"Yes，I mean it（是的，我是这样说）."

我决定被初拥。

被赫尔伯特公爵初拥，并成为他最忠诚的仆人。

他高傲地走过来，坐在我的身边。

"当你决定了，一切便不可折返，从今天起，你将永葆青春，永生不死，一辈子做我的仆人。"

"最亲爱的公爵阁下，我臣服于您。"我回答道。

听到我的话，他鲜红的嘴角在白如死灰的面庞上得意地抽动了一下，棱角分明的面庞在月光下显得更加俊朗。

"公爵阁下……"

{ 183 }

第三幕 QUIN

没等我说完，他示意我不要再出声，随即双手轻轻捧起我的头，慢慢扶我起身。

我闭上了眼睛。

他利落地咬住了我的脖子。

绝望、冰冷，灵魂被抽离，随着他不断地吮吸，我感觉自己的内脏仿佛都在随着动脉缓缓流进他的嘴里，越发地，身体开始逐渐变得像一个被掏空的皮囊。

我昏死了过去。

等我在挣扎中醒来，他正在我面前微笑地看着我。

"Finished（结束了）？" 我喃喃地问他。

"Not yet（还没有）." 他亲切地看着我说。

"接下来的过程会非常痛苦，你要坚持一下，灵魂会从你的肉体中抽离，肉体死亡，你将永生。"

　　说完，他坐得更近了一些，然后解开他的袖口，用拇指上的朗姆戒划破自己的动脉，浓稠深紫色的鲜血随即涌出，银白色鬓发在烛光下发出幽暗的光芒。

　　"Drink it（喝了它）！"他青绿色的瞳孔盯着我说。

　　我努力支撑起身子，双手把他的胳膊拿到面前。

　　不知是为什么，一种从未有过的欲望侵袭着全身，唇齿间弥漫着强烈的饥饿感。

　　我闭上双眼，开始用嘴吮吸他动脉流出的鲜血，那是欲望的原罪，我感受着鲜血从齿缝间游走的感觉，绵滑地游入喉咙，直达胃底。

　　我享受着身体在被一点点唤醒的感觉，心脏仿佛跳动得更加有力。

　　"Stop it！Stop！（停下！停下！）"赫尔伯特公爵露出锋利的尖牙，将胳膊奋力从我的嘴里抽离开。

　　他喘着粗气倚在床头，奋力地哈着气，最后哈哈大笑地看着我。

　　我被他的挣脱甩在床上，双眼盯着天花板，视力开始逐渐模糊起来。

　　"No！！！"　突然，我的全身开始剧烈地抽动，骨头一根根在

{ 185 }

第三幕　QUIN

体内崩裂，全身的血管像是被打了结一样痛楚。我条件反射地蜷缩成一团，深陷地狱般的冰冷和痛楚再一次袭遍全身，比上一次来得更加猛烈。

我感觉自己快死了。

不知过了多久，所有的痛苦突然间消失，我的身体瞬间像根羽毛一样沉在水里，漫长的人生阶段仿佛都离我远去了。我感受着敏锐的听力，凛冽的洞察力，快速的思维。

但是，当我双手放在胸前的时候，为什么感受不到心跳。

心跳……没了……

我猛地坐起来，恐惧告诉我，我想离开这个房间。

我站起身，想着夺门而出，去透透气。

然后……我就记得门被瞬间拉开，等我反应过来，我已经到了花园里。

……

{ 187 }

第三幕　QUIN

"我……我怎么会……"我不敢相信自己的眼睛。

"Awesome（真棒）！"赫尔伯特公爵从我身后，拍着手玩世不恭地走过来。

我低头看着自己的右手，上面不知道是刀还是其他利器划下的疤痕已经不见了，我兴奋而又紧张地审视着自己的身体。

"Oh，your scar has disappeared（哦，你的伤疤消失了）！"他拍着手说道，"现在，去感受一下新的自己吧！Quin（奎恩）！"他对我说。

我回头迟疑地看了他一眼，点了点头，然后转身朝山庄外走去。

赫尔伯特公爵的山庄建在城市边界的山头上，每当圆月当空，银白色月光便会洒满整个城堡，与山脚下城市的灯光相映生辉。赫尔伯特家族世世代代居住在这里，没有人知道他们究竟来了多久，有人说是爱德华三世刚刚攻下了法国的重要城镇时，赫尔伯特家族是从巴黎逃难来的，但至于后来怎么成了贵族就不得而知了。

我步履轻松地走在山路上，不用侧耳便听得到蝉鸣虫叫，我甚至可以清晰地看到山脚下城市里的人们，他们篮子里的水果，不，我听得到他们的交谈，如果我用心去听的话。

太阳已经落山，除了山顶城堡塔尖上一息尚存的一缕阳光，整个城市已经被黑暗包围。家家户户打开了灯，街道被昏黄的光晕照亮，暮色下的人们有说有笑地互相攀谈，酒吧里传来了男人们热闹的猜拳声。

"Margaret，look，his fiance sucks（玛格丽特，看，他的未婚夫烂透了）！"我被这个突然的声音吓了一跳，转身寻找声音的源头。

几十米外的酒吧门口，一对情侣正在对另一对恋人指指点点，两个人的脸上充满了调侃。

"He looks stupid（他看上去很傻）！"又传来了一句话。

"……我听到的，是他们在说话？"我不敢相信自己的判断，于是往他们那边又走了几步。

那个面露调侃的夫人似乎发觉了我在朝他们移动，转身看了我一眼，然后继续和他的恋人谈笑风生。

"Slob（懒鬼）！"她附在恋人耳边，看着我轻轻说了一句，可我

{ 189 }

第三幕　QUIN

还是清晰地听到了。

　　我并没有因为她的侮辱而生气，而是因为听力的异常敏锐兴奋得像个新生儿，在街上欢快地跳着，感受着不同的人不露声色的牢骚，酒吧里心怀鬼胎的酒客，妓院门口为生意而发愁的接客女们。

　　夜色越发沉重，我饥肠辘辘，于是朝着一家饭馆走去。

　　进入餐馆坐定，我扫视着周围的桌子，上面的食物让我提不起半点兴趣。

　　"Sir，what can I do for you（先生，我可以为您做些什么）？"侍应生拿着餐单，走到我的身边。

　　我抬头微笑着接过餐单，不经意间看到他的手腕。

　　不，不只是手腕，是手腕上凸起的血管，我能够清晰地感受到里面潺潺的鲜血一股股流出心脏，那一股一股的"清泉"真的太吸引我了，我不自觉地舔了一下牙齿，更加痴迷地盯着侍应生的手腕。

　　"Sir？"侍应生轻轻摇了摇我。

　　我猛地一晃神，我为刚才的行为感到羞愧万分，推开侍应，不顾周围人诧异的眼光，夺门冲出餐馆。

"哈哈哈，不合胃口？"我刚冲出门，就听到身后一个声音传来。

是赫尔伯特公爵。

他一边笑一边绅士地用手帕捂住嘴，嘴角似乎有一丝鲜血。

我被自己的惊慌失措吓坏了，站在原地不知道该怎么办。

"跟我走，我带你去填饱肚子！"说完，他拉起我，朝着赌坊的方向走去。

夜晚的赌坊格外热闹，几个身材健硕的男人站在门外，一个满脸胡须的人看到我们走过来，伸手拦住我们，意思是带没带钱。

赫尔伯特公爵走上前，笑着摸了一下他的胡子，在他耳边轻轻说了句话。

那个满脸胡须的男人立刻变得满脸堆笑，伸手将我们送进了赌坊。

"你跟他都说什么了？"我问公爵。

"我告诉他，我们想进去，他也是这么想的。"赫尔伯特公爵没有理会我，边看着周围的赌徒边说。

{ 191 }

第三幕 QUIN

"你是说，你可以控制他的思想？"我惊讶地看着他。

他笑笑，回身捏起我的下巴，慢慢凑近他的脸。

近到我可以清晰地听到他均匀的呼吸声。

"好戏刚刚开始，慢慢享受这具新的身体吧！"他哈哈大笑着，帮我理好领结。

我跟着他走到赌坊最深处，一桌衣着华丽的人正赌得热火朝天，从打扮看就知道是名门望族。

"你看，那个带着羽毛帽的年轻夫人，她正想着如何取悦旁边的情人。"公爵悄悄指了一下面对我们而坐的一个年轻贵妇。

"恩，看到了。"我回答说。

"你过去悄悄告诉她，我正如饥似渴地渴望她的爱。"公爵告诉我。

我迟疑地看了他一眼，但还是听话地走了过去。

等我说完，贵妇果真如公爵交代的一样，害羞谄媚地抬起头，瞧瞧看了一眼倚在门边的赫尔伯特公爵。

公爵朝她轻轻俯了一下身子，友好的示意。

贵妇在我的搀扶下轻轻离开赌桌，由公爵牵着手走进了赌坊后的院子。

我尾随其后跟了过去。

赫尔伯特公爵和贵妇在酒桶边坐下，贵妇轻轻地依偎在公爵的怀里，而公爵则在轻轻抚摸她金色的头发。

"Quin，尽情享受你的晚餐吧！" 他拿起贵妇的胳膊，轻轻亲了下去。

贵妇发出一声呻吟，随即便是"啊"的一声叫。

是赫尔伯特公爵咬破了她的胳膊。

我立刻闻到了新鲜血液那甘甜诱人的味道，身子不由自主地朝着他们走过去。

"来吧！"公爵举起贵妇的胳膊给我。

我咽了一下口水，感觉两颗尖牙又痒又酸，好像要爆出来一般。

我的迟疑再次被对血液的原欲给击垮，我奋不顾身地咬上去，大口地吮吸起来，享受着从未有过的满足感和喜悦。

公爵开心地笑着，一口咬上了贵妇的脖子。

{ 193 }

第三幕　QUIN

　　就这样，在赫尔伯特公爵的帮助下，我完成了吸血鬼第一次完整的初拥。

　　十四世纪初期，黑死病横扫欧洲，英国大半的人被夺去了性命。

　　1356年，法国国王约翰二世被爱德华俘虏，法国的大片领土被占领。

　　我跟着赫尔伯特公爵从英国坐轮渡来到了法国，开始新生活。

　　我也在新的生活中逐渐适应自己的身体，像小说中写的那样，畏惧阳光、躲避银器，可是我并不害怕大蒜和十字架，那些对我毫无作用。而阳光和银器对我来说就像新的法律教条，只有恪守才能保住性命。

　　只有一条我始终接受不了，就是要像赫尔伯特公爵一样睡在棺材中。我有幽闭恐惧症，惧怕独处在狭小的空间，这一点，在做了吸血鬼之后依然没有改善。

　　于是我睡在新家的地下室里，这是赫尔伯特公爵专门让工匠为我建造的石室，四周都是十英寸厚的石块堆积而成，只有一个通气孔直达天井，但也被浓密的树叶遮挡，阳光不能透过分毫。

第三幕 QUIN

该隐

几个月后，我开始逐渐适应了这种新的生活。

赫尔伯特公爵跟我谈起，几百年前的血族繁荣一时（他从来不把自己叫作吸血鬼，而是把自己称作高贵的血族），那个时候的血族、狼人和人类平均割据了整个欧洲大陆，各种族之间和平共处，相安无事。

后来人类的种族首领突然离奇暴毙，全身被撕开一道道鲜血淋漓的伤口，脖颈像是被野兽咬过一般溃烂。人类愤怒了，他们认为这种死相分明是由血族和狼人造成的，因为人类是不会有如此凶残的手段的。于是他们召集了上百勇士，组成了一支浩大的猎杀队伍，决定与血族和狼人展开殊死一搏，他们称这支队伍为Vampire & Werewolf Hunters（吸血鬼和狼人猎手）。

这场战斗持续了一百多年，三个种族在战斗中死伤惨重，狼人首领被人类斩去首级挂在城墙上，血族也因为畏惧阳光而在白天的战斗中功

第三幕　QUIN

亏一篑，人类越战越勇，最后狼人被迫隐居深山，不再露面；而血族大部分人在战斗中死去，只剩下赫尔伯特公爵的队伍和另一支血族队伍拼死抵抗，但最终也以血族的失败而告终。

赫尔伯特公爵带着剩下的人离开了那片大陆，另一支血族队伍也自此销声匿迹。

"所以，如今只有你和我了吗？" 我揉揉惺忪的睡眼，问赫尔伯特公爵。

"是的。" 他看着窗外皎洁的月光，若有所思地回答。

突然，他转过头，郑重其事地把我从地下室的地板上拉起来，然后对我说："Quin，现在你已经是赫尔伯特公爵最忠实的仆人了，但是你仅仅是一个刚刚被初拥的血族，你需要不断地锻炼来强大自己，因为我预感到，狼人和人类并没有完全放过我们。"

我惊讶地看着他。"可是，战争已经结束几百年了。"

"不！"他突然生气地站了起来，"战争永远不可能结束！人类是贪婪的，自私的！他们只能看到事物的表象，他们哪里能够比得上我们高贵的种族！"赫尔伯特公爵生气地说。

"可是，狼人已经独自隐居到深山了，血族也只剩下你和我，他们如何找到我们呢？"我问他。

他没有说话，拉着我走到书房，按了按我的肩膀，让我坐在了他的书桌前。然后他走到壁炉边，拿出了一个箱子，轻轻递给我。

"这是什么？"我问他。

"打开它！"他一手托着下巴，另一只手臂横在胸前，若有所思地看着我。

我接过箱子放在书桌上，轻轻地打开。

"My god lord（我的上帝啊）！"我吓得把箱子一下子扣上。

他哈哈大笑着走过来，把箱子打开，从里面取出了让我大惊失色的东西。

是一副头骨，因为年代久远，头骨的颜色已经逐渐发灰，与一般头骨不同的是，这幅头骨的牙齿有两颗尖尖的血族牙齿。

我吓得退到壁炉边，撞倒了赫尔伯特公爵的塑像。

没等我反应过来，他已经"呼"的一下出现在我背后，并且把被撞

第三幕　QUIN

倒的雕像在落地前扶了起来。

"小心点！"他摇晃着食指笑着调侃我。

"这是？"我嘀咕地指着他手里的头骨问。

他小心翼翼地把头骨重新装回箱子里，放进壁炉边收好。

"Cain（该隐），血族的祖先。"他说。

我重新坐回沙发上，"该隐？你是说，是《圣经》里提到的该隐？"我张着大嘴惊讶地问他。

"Cain，被称作世界上第三个人。"他用手挑逗了一下壁炉里的火焰，火势骤然变旺。

他拿起炉台上的一本《圣经》，打开其中一页念道：

> 创世记 4:1-12，有一日，那人和他妻子夏娃同房，夏娃就怀孕，生了该隐，便说："耶和华使我得了一个男子。"该隐也被称为"世界上的第三个人"。后来，又生了该隐的兄弟亚伯。亚伯是牧羊的，该隐是种地的。有一日，该隐拿地里的蔬菜和粮食为供物献给耶和华；亚伯也将他羊群中头生的和羊的脂油献上。耶和华看中了亚伯和他的供物，只是看不中该隐和他的供物。该

隐就大大地发怒，变了脸色。耶和华对该隐说："你为什么发怒呢？你为什么变了脸色呢？你若行得好，岂不蒙悦纳？你若行得不好，罪就伏在门前。它必恋慕你，你却要制伏它。"该隐与他兄弟亚伯说话，二人正在田间，该隐起来打他兄弟亚伯，把他杀了。耶和华对该隐说："你兄弟亚伯在哪里？"他说："我不知道！我岂是看守我兄弟的吗？"耶和华说："你做了什么事呢？你兄弟的血有声音从地里向我哀告。地开了口，从你手里接受你兄弟的血。现在你必从这地受诅咒。你种地，地不再给你效力，你必流离飘荡在地上。"该隐对耶和华说："我的刑罚太重，过于我所能当的。你如今赶逐我离开这地，以致不见你面。我必流离漂荡在地上，凡遇见我的必杀我。"耶和华对他说："凡杀该隐的，必遭报七倍。"耶和华就给该隐立一个记号，免得人遇见他就杀他。于是该隐离开了耶和华的面，去住在伊甸东边挪得之地。

"你是说，该隐从那个时候开始受到耶和华的惩罚，便开始嗜血成性，成了血族最古老的始祖？"我问赫尔伯特公爵。

{ 201 }

第三幕　QUIN

　　"是的，但是该隐始终是我们血族的骄傲。我手里的这个头骨，是初拥我的人在临死前转交给我的，拥有该隐的这个头骨，就等于拥有血族至高无上的权利。"他双眼熠熠生辉地说道。

　　"但现在，只有你我二人，权力又有何意义？"他伤心地低下头。

　　我走到餐桌前，倒了一杯红酒递给他。"你刚才在地下室提到，说你预感到人类和狼人不会就此放过我们，是因为你收到什么消息吗？"我问他。

　　他拿起红酒杯一饮而尽，生气地将杯子砸碎在壁炉的火焰里。"愚蠢的人类，肮脏的狼人，他们的狭隘已经深入思想，几百年前的凶残早就说明了一切。这些年，他们又何时放松过警惕呢？"他愤愤地骂道。

　　"前几日，我听到城堡外的乌鸦议论，欧洲东部有狼人出现，趁着月圆之夜变身袭击了另一个血族，人类闻声后重新组织部队去猎杀他们，但这一切都只是表象。他们两个部落最终的目的，是铲除掉我们血族这个高尚的种族！"他继续说道。

　　我听后沉默了一会儿，问他："那我们需要怎么做？毕竟只有你我两个人。"

他看了我一眼，坐到了书桌前。"狼人的威力要远胜人类，他们才是我们真正要提高警惕的敌人。至于人类，他们自私狭隘，只要不轻易相信他们的话，就可以免受他们的伤害。"说完，他看了我一眼，"你现在还只是一个血族的初拥者，没有什么能力，如果狼人和人类对我们发起攻击，你是绝对逃不过他们魔爪的。"他担忧地看着我。

"那我需要怎么做？坐以待毙？"我问他。

他重新走到我身边，用他纤细、毫无血色的右手轻轻抬起我的下巴。"训练，从明天开始训练，我会把你训练成最出色的血族，你不只要学会生存，还要学会有尊严、高贵的生存！"

{ 203 }

第三幕　QUIN

驯化

太阳刚刚下山，天空依然布满了鲜红的云朵。

"起来，你这个懒惰鬼！"赫尔伯特公爵一把将我从地板上拉起来。

我还没来得及回答他，就被他飞速带到了花园里。

他指着天上初升的一轮圆月。"每当满月，是我们血族最虚弱的一天。相反的是，狼人在这一天会获得无比强大的力量，这也是我们要小心他们的原因。但是，在满月这一天训练，可以让血族在最虚弱的状态下获得无与伦比的进步速度。所以，现在，开始我们的训练！"

"我需要怎么做？"我纳闷地看着他。

他指了指城堡的顶端。

我顺着他手指的方向看去。

"天啊！你怎么可以这么残忍！"我冲他尖叫。

{ 205 }

第三幕 QUIN

一个约莫十几岁的小姑娘，被他活活绑在城堡顶端的避雷针上，但是已经吓昏过去了。

"你要对她施以仁慈吗？那你去把她放下来。"他把手轻松地抱在胸前，坐在花园的长椅上，吹着口哨。

我没有理会他，冲着大厅的方向跑去。

"Not that way（不是这样）！"他大声冲我吼叫，"Quin，像个真正的血族一样，不要再走那愚蠢的楼梯了！"他喊道。

我愣在原地，不知所措。

他突然出现在我身边。"我要准备吃早餐了，你要不要一起？"说完，他嗖一声不见了。

我正四处张望。"嘿！要不要上来享受这份新鲜的早餐？"我循声望去，他正在城堡顶端的小姑娘身边，露出尖牙准备咬下去。

"不！赫尔伯特公爵，请不要！"我嘶声力竭地冲他大喊着。

"那就上来阻止我！"他得意地笑着。

我环顾四周，更加不知所措。

"你这个愚蠢的东西！真是给我丢脸！"赫尔伯特公爵羞辱我道。

第三幕　QUIN

　　我感觉自己像是被他激到了一般，身体里面一股奇怪的能量似乎要爆发出来，我跑到院子的另一边，企图通过助跑可以飞起来冲上去。

　　等我退到感觉已经够了助跑距离的地方，我咬着牙奋力跑过去，在临近城堡的地方双脚用力一蹬地面，身子轻松地跃起来，从未有过的轻松感，然后，重重撞在了城堡的石壁上。

　　"哈哈哈哈哈，瞧你，再来！"赫尔伯特公爵笑得前仰后合，然后看着我说。

　　我揉了揉身上被撞疼的部分，用手抹了一下鼻子，重新退回花园的另一端。

　　我使出全身力气再次助跑出去，在离城堡还有一段距离的地方像离弦的箭一般直冲上去，我听着耳边风呼呼作响，旁边的参照物越来越矮，眼看就要接近赫尔伯特公爵和那个小姑娘了。突然，我身子突然失去了控制一般，重新重重地跌在了地上。

　　"Stupid（愚蠢）！"赫尔伯特公爵似乎有些生气，"没用的家伙，这份早餐一定要我亲自递给你吗？"说着，他把小姑娘松绑，冲着城堡下面的我跑了下来。

"不要！"我大喊一声，惊慌失措地冲着小姑娘跑过去，我只感觉自己的双手离小姑娘越来越近，越来越近。

我轻轻睁开双眼，发现小姑娘就在我的怀里，而我，正在城堡的半空中悬浮着。

赫尔伯特公爵飞到我身边。"好样的，被你接到了，你可以享用自己的早餐了。"他得意地看了一眼我怀里依然在昏睡的小姑娘。

我摇着头，慢慢降落在地上，把小姑娘放在了花园的草坪上。"我答应过自己，除了赌徒和妓女的血，我不会吸其他人的，尤其是这么无辜的人！"边说，我边看着熟睡中的小姑娘。

"早晚有一天，你会被自己愚蠢的理由给害死！"赫尔伯特公爵生气地走到小姑娘身边，用一只手把她抱起来，露出了两颗尖尖的牙齿。

"求你，不要！"我哀求道。

赫尔伯特公爵似乎对我充满了挑衅，听完我的话，他更加生气，一口咬了下去。鲜血随着小姑娘的大动脉一股一股进入他的喉咙。

喝完，他满足地把小姑娘的尸体扔在地上。

我伤心欲绝地跪倒在小姑娘身边，悔恨不已的哭泣。

{ 209 }

第三幕 QUIN

"哭完了记得把尸体处理掉，不要弄脏我的花园！"赫尔伯特公爵用手绢擦拭着嘴角的鲜血，"哦对了，如果你不饿的话，就继续去训练，我不喜欢懒惰的人。"说完，他一个人朝着城堡走去。

我把小姑娘的尸体埋葬在山下，一个人跃上了城堡的露台，看着一轮满月越升越高。

"我的选择是正确的吗？"我问自己。

突然，我被眼前突然袭来的画面晃了一下，我不自觉地闭上眼睛。

我看到我在半空中，对面空中有个面容熟悉但是我却记不起名字的男人被火焰包围着，然后他冲过来要用武器伤害我，我躲闪不及，被重重地摔在地上，手上出现了一道重重的伤痕。

想到这里，我头痛欲裂，却再也回忆不起任何事情，我把手抬起来，从有记忆开始的那道疤痕已经在初拥那夜之后不见了。

赫尔伯特公爵说我是愚蠢的人类，即使变成了血族，有一天一定会被自己的愚蠢给害死。

可是，这一切真的是我想要的吗？

我不记得自己怎么来到这个地方，只记得醒来的时候全身冰冷，第一眼看到的就是赫尔伯特公爵，他亲切地帮我盖上被子，我却听不懂他的语言。

从那天开始，我就留在他的城堡里，因为他救了我，我便理所应当地成了他的仆人，一直侍奉他左右，对于过去的记忆，我却完全没有半能够记起。

"不，我不能接受吸食无辜人们的鲜血，那样我宁愿饿死！"我抱着双腿，看着山下的稀疏灯火。

"还在为自己的无知而苦恼吗？"赫尔伯特公爵突然出现在我身边坐下。

我没有理会他。

他笑了笑，递过一杯红色液体。"喝吧，你今天的训练很成功！"他说。

我看了看杯子，然后又看向他，没有接过的意思。

他拿起杯子喝了一口。"嗯，刚才路过赌坊，看到这个家伙正在用买羊羔的钱押注，就把他带回来了。"他又把杯子递到我面前，看着我，"所以，这下可以喝了？"他看着我。

第三幕　QUIN

我勉强地笑了笑，接过杯子，一饮而尽。

赫尔伯特公爵爽朗地大笑，拍了拍我的肩膀。"去休息一下吧，明天还要继续训练。"

第二天，还没睁眼便被耳边窸窸窣窣的声音给弄醒。

我睁开眼睛，突然被吓得一下子本能地飞到地下室的天花板上，双手紧紧地抠住了石缝，大口大口喘着粗气。

"你起来了。"赫尔伯特公爵的声音。

我朝声音的方向看过去，发现他正站在一群狼的中间，对，就是刚才那群围着我的狼。

"为什么！这是为什么！"我冲他大喊。

"狼人是我们最大的敌人，熟悉狼的特性有利于你今后和他们对战。这就是我们今天的训练！"他对我张开双手摆了摆，"你不能杀死它们任何一只，我要你像我一样，可以让他们靠近你，顺从与你。"说完，他轻轻地伸出右手，几只眼冒绿光的狼便走上前，用前额不断地蹭着他的手示好。

我被他的胆量所震惊。"我……具体……我该怎么做？" 我问他。

"控制它们，让它们明白你的想法，进入它们的心灵！"他冲着我说。

"你是说，心灵控制？"我纳闷地问。

他看了一眼旁边的狼群，"没错，开始吧！"说罢他便消失了。

我依然两只手死死地抓着石缝，附在天花板上。赫尔伯特公爵一消失，狼群立刻失去了刚才的温顺，它们不多会儿便发现了天花板上的我，我听到它们发出低沉的哀号，像是在彼此传达讯号，边靠近我边露出满嘴的尖牙，凶恶地盯着我。

"滚开！滚开！"我冲着它们挥手。

它们像是被我的举动激怒了，开始跳起来用嘴试图咬我。

我被它们吓得满头大汗，双眼不停地看向周围，唯一透气的天井也被赫尔伯特公爵用铁链封起来了，看起来是没有别的路出去了。

"好，我试试看！" 我在心里对自己默默地说。

我紧紧闭上双眼，然后用力张开，盯着眼前的狼群。

慢慢地，我感觉地面逐渐变成红色，自己的双眼好像发出了暗红色的光，狼群怯懦地往后退了一步，头也不再抬得那么高了。

我感觉自己的双眼被辣得生疼，不禁疼得闭上眼睛。

我刚闭上双眼，狼群又恢复了刚才的凶猛，开始对我发出狂吠声。

我再次忍痛睁开眼睛，身子却不听使唤地失去控制，重重地摔在了地上，狼群一下子冲我扑了过来。

"不要！"我双手伸出去制止他们，本来以为今天可能要被狼群撕裂了，却迟迟没有发现它们冲上来。

狼群不知道怎么了，站在原地看着我，眼睛里也没了刚才的杀戮。

我纳闷地看着它们，也不知道怎么回事。

"试试看，让它们来对你示好！"赫尔伯特公爵出现在门后说，对我轻轻地说。

"好……"我胆怯回答了一句，全身已经被汗水浸湿了。

我再次伸出右手，对着面前的几只狼，在心里默默对他们说："臣服于我，我命令你们臣服于我。"

我从狼群幽绿色的眼中，看到自己的眼睛再次发出暗红色的光，它

{ 215 }

第三幕　QUIN

们开始低着头逐渐向我靠近。

"Yes！"我兴奋地说。

面前的几只狼用前额蹭着我的手心，全然没了刚才的凶猛和杀戮。

"很好，现在跟我出去，我带你去一个地方。"赫尔伯特说完便出去了。

我尾随其后，和他一起穿行在村庄的上空。

"我们去哪儿？"我问他。

"去找狼人。"他静静地回答。

穿过村庄，我们降落在城郊的一片树林里，丛林深处传出悠悠的篝火光芒。

赫尔伯特公爵示意我不要出声。"里面有两只狼人，他们上个月便开始潜伏在树林里，伺机向外面汇报这里的情况。我们要赶在其他狼人和他们会合前杀了他们。"他说。

"可是……我没有杀过人！"我害怕地跟他说。

"今天就会了！"说完，赫尔伯特公爵就已经不见了，我正在寻找他的踪影，发现狼人那边已经出现了打斗声。

我赶忙走近了几步，发现赫尔伯特公爵已经浮在了两个狼人的上方。

"走开！我们狼人不和你们吸血鬼打交道！"其中一个年长一点的狼人冲着赫尔伯特公爵喊到。

赫尔伯特公爵露出锋利的尖牙。"别以为我不知道你们肮脏的勾当，今天你们也别想要活着离开。"

两个狼人闻声对视了一眼，然后他们冲着天空开始哀号，声音划破天空，异样的凄凉。

声音未落，赫尔伯特公爵冲着他们俯冲过去，在其中一个狼人的脸上划了一道血口。

狼人被激怒了，他们撕破自己的衣衫，身上的肌肉迅速变形，顷刻间再也看不出任何人的样子，而是变成了两只硕大的像人又像狼的怪物，两根獠牙从嘴角龇出来，红着双眼等待着赫尔伯特公爵的再次攻击。

"这才像样子！"赫尔伯特公爵说完，突然出现在其中一只狼人身后，抓着他的头便将他提到了空中。

第三幕 QUIN

狼人在他的手里奋力挣扎着，我看到赫尔伯特公爵的手臂似乎被狼人抓伤了。

他提着不断挣扎的狼人飞到树林制高点，用力丢向空中，狼人被甩出一道抛物线，重重地落在一根折断的松树上，被活活刺死。

另一只狼人见状，凶狠地盯着空中的赫尔伯特公爵，等待着他的靠近。

说时迟那时快，赫尔伯特公爵再次冲着另一只狼人俯身冲过去，速度快到我几乎看不到他，狼人被重重地击倒在地上，但不幸的是，赫尔伯特被狼人的利爪刮伤，伤口开始流出鲜血。

狼人见他受伤了，一跃而起将他扑倒在地上，抬起头就要冲着他的脖子咬过去。

"赫尔伯特公爵！"我像离弦的箭的一样冲上去，瞬间在背后抱住了这只狼人，但是狼人的力量超乎我预料的大，我几乎控制不住他。

赫尔伯特公爵伸出右手，拇指上的戒指划过狼人的脖子，鲜血瞬间喷涌而出，狼人应声倒地，变回人形。

"为什么，为什么你要杀我们！"狼人捂着不断流出鲜血的脖子，

{ 219 }

第三幕 QUIN

身子朝后挪着问我们。

赫尔伯特公爵站起身，我发现他的伤口已经奇迹般地愈合了，完全没有任何受伤的痕迹。

"肮脏的低等生物，不知道今天会不会染上跳蚤。"他拍着身上的衣服，完全没有在意眼前即将死去的狼人。

狼人在痛苦中死去。

我不敢相信自己眼睛看到的一切，我感觉自己的头痛得要命，我不敢承认自己刚才杀了人。

赫尔伯特公爵察觉到了我的变化。"第一次都是这样的，习惯就好了。"他把狼人的尸体一下扔进了旁边的湖里。"不要再用你的眼泪跟我对话了，哦对，谢谢刚才你帮忙。"说完，他腾空而起，斗篷在月色下折射出悠悠的蓝光。

我飞到他身边，盯着狼人的尸体一点点沉入水中。

远处的树林发出沙沙声，似乎有什么东西在向湖这边靠近。

赫尔伯特公爵示意我不要出声，将我半遮挡在身后。

那个黑色的影子越来越近，他足足比我和赫尔伯特公爵高出了半个

第三幕　QUIN

身子的高度，走进了映着月光，逐渐越来越清晰。他全身披着黑袍，头上也被黑纱遮住，行动稳重沉着，手里拿着一把锋利的倒钩。

"是死神。"赫尔伯特公爵悄悄对我说。

我慢慢露出半个脑袋，朝着黑影的方向看过去。

"别看了，我们和他不是一个世界的，他是来带狼人走的。"赫尔伯特公爵拉着我准备走。

我却依然死死地盯着那个黑影，因为我觉得他似乎察觉到了我的存在，也在看向我。

"怎么，不想回去吃饭吗？今天我们可是大获全胜！"他看着城堡的方向，向我做了一个邀请的手势。

我记不得那天是怎么随着他回到的城堡，只记得那天一闭上眼睛，就是狼人临死前的哀求，还有，死神异样的眼神。

永生

"你的伤口上次在对付狼人的时候怎么会自己愈合，而且那么迅速？"我今天胃口特别好，边吃着水果边问赫尔伯特公爵。

他伸出右手，用拇指上的戒指在左手臂上重重地划出一道伤口，鲜血顿时流出。

我刚想上去阻止他，却发现伤口自己慢慢愈合，最后竟然一点痕迹都没有。

我惊喜地上去把他的手臂拿起来，仔细端详了半天。

"Amazing（神奇）！"我兴奋地喊道。

他收回自己的手臂。"这就是我们今天的训练内容。"

我尾随着他来到花园里。

"为什么又要在花园里练习？"我问他。

他拿起桌子上的一把匕首，"因为我不想被愚蠢的你在训练的时候

第三幕 QUIN

把地毯弄脏。"

　　我走过去，鄙夷地看着他，顺手拿起一把银光闪闪的刀子。

　　"听着，"他接着说，"你手里拿的不是普通的刀子，那是纯银打造的。银器是我们血族最禁忌的元素，如果不幸被银器所伤，伤口是无法在短时间愈合的。"

　　听他说完，我赶紧放下了手里的那把刀子。

　　"用这把。"他递给我一把匕首，"用它试试看。"然后盯着我，等着我的下一步。

　　我接过匕首。"真的可以愈合吗？"我问他。

　　他冲我不耐烦地翻了一个白眼。"试试看。"

　　我迟疑地拿起匕首，然后闭上眼睛，在手臂上重重地划了下去。

　　刀子很快，我几乎没有感觉到疼痛，只觉得一股股热流从胳膊上涌出来。

　　"现在，用你的心去感受，让伤口愈合。"他对我说。

　　我盯着不断涌出鲜血的伤口，伤口竟然奇迹般地开始愈合，最后连一点痕迹都看不出来了。

我兴奋地看着他，等待着他的肯定。

赫尔伯特公爵冷漠地拿起刚才那把银质的刀子。"现在，用这把。"

我赶忙往后退了一步。"你刚才不是说，如果被银器伤到了，伤口是不能愈合的吗？"我问他。

"对，所以我才要训练你，告诉你如果被银器伤到了，怎样才可以拯救你自己。现在，割下去。"他把刀子又递给我一次。

我将信将疑地接过刀子，在胳膊上划了下去。

"Oh！No！"我大叫着，伤口像是被烈火烧过一样，冒出嗞嗞的热气，鲜血瞬间喷涌，伤口却没有任何要愈合的意思。

"现在，我要怎么做？好痛！"我捂着胳膊，痛苦地看着赫尔伯特公爵。

他看着我，没有作声。

"我在跟你讲话！赫尔伯特公爵，我现在需要怎么做，好疼啊！我会死的！"我气急败坏地冲着他吼道。

他依然没有理我。

鲜血继续在喷涌，伤口还在继续火烧一样的疼痛，而且越来越大，我全身被自己的鲜血浸湿，倒在地上，痛苦地打滚。

"现在，你需要吸食新鲜的血液，才可以拯救你自己。"赫尔伯特公爵看着我说。

然后，他瞬间消失，再次出现的时候，手里拽着一个正在挣扎的年轻的牧羊姑娘。

他把牧羊姑娘扔在我面前。

"要么血液流干，你变成干尸；要么把眼前的这个人吸干，来愈合你的伤口。你自己选择。"说罢，他拿起一杯红酒，得意地坐在椅子上欣赏眼前的这出好戏。

此刻的我浑身剧痛，冰冷像刚被初拥的时候一样袭来。我盯着眼前被吓呆的牧羊姑娘，强烈的饥饿感和对血液的欲望夹杂着求生欲，让我一时间冲昏了头脑，一口咬在了那个姑娘的脖子上，紧接着便是大口大口的吮吸和饱胀感。

"哈哈哈，好，这才是我们的贵族血统！"赫尔伯特公爵得意地拍手，将我慢慢扶起来。

{ 227 }

第三幕 QUIN

我擦了擦嘴角的鲜血，伤口开始逐渐愈合，灼热感消失了，像刚才什么都没有发生过一样。

"走开！"我近乎癫狂地一把推开赫尔伯特公爵。

他依然笑着，走过来牵着我的手。"你看今晚的月亮，多美妙的夜晚！"他举起手里的红酒，"你应该感谢我，帮你突破了你的狗屁传统，不至于有一天被你自己的愚蠢给冲昏头脑！哈哈！"

我绝望地冲上城堡的露台，痛苦地对着远处吼叫，充满了哀怨和愤怒。

"瞧，你的眼睛已经变成青绿色了。"赫尔伯特公爵在我身后说。

"所以，说明什么？"我没有看向他。

他走到我身边，将手搭在我的肩膀上。"血族刚被初拥的人眼睛是全黑色，没有瞳孔，也就是你刚刚被初拥后的样子。后来，掌握了基本的生存能力后，你的眼睛就会变成暗红色，这说明你已经有基本的攻击和防御能力；现在，你的眼睛变成了青绿色，已经跟我一样了，说明你已经是一个成年的血族了。所以，祝贺你！"他把酒杯抬起来敬了我一下，然后对我说。

第三幕 QUIN

"所以你应该满意了，我已经变得跟你一样，嗜血、冷漠，没有一点人情味！"我冲他喊道。

他把酒杯放在一边，双手按住我的肩膀将我转过去面朝他。"你已经不是人类了，你现在是欧洲皇室后裔的高贵血族，你有不老的容颜和不死的身躯，用这些交换你人类愚蠢的善良和良知，难道还不够吗！"

我推开他，转身离开了露台。

读心

"Quin，今天是你训练的最后课程。"赫尔伯特公爵拉开地下室的大门，一如往日般高傲地走进来。

我疲乏地坐起身，把衣服披在身上。

"Oh，你身体看起来比以前强壮得多！"他调侃道。

我苦笑着站起身把衣服整理好。"除了这个身体，我看不出自己哪里还有人的样子。"我对他说。

"你已经不是人类了，你现在体内流淌着无比尊贵的血液！"他皱着眉略带训斥地对我说。

我走过他，径直进入厨房倒了一杯新鲜的血液，边喝边拿起一块吐司。

"这已经是这个月第三次你偷偷换掉里面的鲜血了！"赫尔伯特公爵倚在门上看着我说。

第三幕 QUIN

我看了一眼手里的早餐，对着他抿了一下嘴，然后像喝红酒一样晃了晃手里的杯子。"也不错啊，偶尔喝点野猪的鲜血，天天喝那些妓女和赌徒的血液，我都要喝腻了！"说罢，我把杯子端起来一饮而尽。

"只喝动物的血会让你丧失理智的。" 赫尔伯特公爵走到我身边，闻了闻我刚才喝剩下的杯子，然后露出一副鄙夷的表情，赶忙用手在鼻子边扇了扇。

吃完早餐，赫尔伯特公爵突然让我回房间收拾东西。

"收拾东西干什么？今天不训练了？"我问他。

他用手绢擦拭着手里的拐杖。"跟我去苏格兰。"

他总是这样，没有人猜得透他的想法。

我知道再打听下去也没有什么意义，所以便匆匆回房间，把行李收拾好，准备上路。

几天后，我们来到了常年阴云密布的苏格兰。

"赫尔伯特公爵，虽然我很尊敬您的想法，可我还是忍不住想问，我们为什么要来苏格兰？"我在马车上掀开旁边的窗帘，回头问他。

第三幕 QUIN

此刻的赫尔伯特公爵换上了崭新的马靴，他擦拭着鞋上面镶嵌着黑宝石的纽扣，对我说："为了你的最后一课。"

我被他的话弄得莫名其妙。"还有什么技能是一定要来苏格兰才可以训练的吗？"

他把身子坐正，整了整领口的领结，然后把手掩在嘴边轻咳了几下。"上次狼人死后，它们已经察觉到我们的行踪了，人类很快也会赶到，离开那里是为了保存实力。"他边说边回头看向我，"现在血族只剩下你和我了，你必须快速强大起来。"

"来苏格兰可以让我变强大？"我问他。

他哈哈大笑着："苏格兰遍地都是贵族血统，你会喜欢这里的。"

马车在泥泞的山间道路上继续奔驰，光秃的树林在圆月的照射下显现出诡异的影子。

不多时，马车来到半山腰的一座城堡。

"我们到了，下车。"赫尔伯特公爵掀开窗帘看了一眼外面，然后对我说。

外面的空气很潮湿，我踩在松软的草坪上，城堡外面的墓碑把月光折射出幽暗的银光。

"Quin，这就是你的最后一课。"赫尔伯特公爵看着眼前的城堡，用拐杖指了指对我说。

"我们的新家？"我饶有兴致地问他。

"不是我们，是你的。"他看向我。

我完全没有明白他的意思，愣愣地看着他。

"这是查尔斯阁下的城堡，他是英格兰最有权势的王室后裔，体内流淌着苏格兰王室最高贵的血液。他睿智、勇敢，喝了他的血，你会拥有至高无上的能力。这种能力可以让狼人和人类闻风丧胆，甚至连我们这种初代血族也不能媲美。"他认真地对我说。

我好奇地问他，"我们原来的国家也有很多贵族，为什么一定是他？"

他郑重其事地看着我。"因为你需要从他的血液中获得升华，因为你要学会读心术。"

"读心术？"我问他。

"这是血族最珍贵的能力，可以看穿别人的想法，听到他们的心

{ 235 }

第三幕　QUIN

声。"他对我说。"查尔斯阁下的母亲赫拉是一位非常伟大的女巫，她在生下查尔斯之后就去世了，临死前她召唤了独角兽到她的窗前，让独角兽赋予了查尔斯阁下洞察别人心声的能力，这也是为什么他后来可以在那么多贵族中脱颖而出，成为最有权势的后裔的原因。"

听完赫尔伯特公爵的话，我回头看向城堡，顺从地点了点头。

"但是，Quin，你要非常明确地记住，"赫尔伯特公爵把手里的拐杖插在地上，然后双手抱着我地肩膀说，"第一，查尔斯阁下的母亲赫拉在临死前，对整个城堡施了咒语，如果没有查尔斯阁下本人邀请的话，你是进不去这座城堡的，硬闯只会让你身陷火海之中；第二，查尔斯阁下不是普通的贵族，他的血液只有在没有任何恐惧的情况下，喝了才会有效，这需要他完全顺从并且自愿让你喝他的血液。"赫尔伯特公爵认真地对我交代着。

我苦恼地往后退了一步。"那不可能，他怎么可能主动邀请我进入他的城堡呢？更何况还要主动让我喝他的血，这不可能！"我完全不相信自己有这样的能力可以办到。

赫尔伯特公爵走到我身边。"我会帮你的。"

"怎么帮我……"我还没问完，就一下子昏了过去。

不知道过去了多久，醒来仿佛过去了几个世纪。

"Thank Godness（谢天谢地）！"一个夹杂着浓重苏格兰口音的陌生女人边说边朝着外面跑去。

我努力支撑起自己的身子，发现头上缠着厚厚的纱布，但是丝毫感觉不到任何疼痛，于是我依靠在床头，环视着四周。

这是一件陈设和装饰非常奢华考究的房间，所有的红色墙板都用金色的边框镶嵌着，各种名贵的古董陈列在窗边的柜子里，屋子里弥漫着一股淡淡的柠檬草香。

"喔！太好了，你终于醒了，我亲爱的朋友！"一个陌生男人在女佣的陪同下走进房间，热情地坐在我的身边。

我看着他，完全不记得什么时候见过他。

"你是谁？这又是哪儿？"我问他。

他回头笑着看了一下身边的女佣，然后握着我的手说，"亲爱的朋友，你不要害怕，你受伤了，昏倒在我的城堡外面，被我的仆人发现并

第三幕　QUIN

带了回来。我是这里的主人查尔斯，你可以叫我查尔斯阁下，这里是苏格兰王室居住的地方。"

我猛地记起赫尔伯特公爵在城堡外对我说的话，然后怔怔地看着眼前的这个陌生男人，不，不是陌生男人，他是查尔斯阁下，我的目标就是他。

"我是怎么进来的？"我问他。

他听我问完，竟然站起身来，站在窗前要表演整个时间的过程，"当时你昏倒了，我的仆人把你抱到我面前，我看你已经不省人事了，他又问我可不可以把你带回城堡，我便答应了。"说完，他绘声绘色地继续表演。

我被他业余而又幼稚的表演弄得忍不住笑出了声。

查尔斯阁下

———

来到查尔斯阁下城堡的第三天，我把头上的一圈一圈的纱布解开，发现还有一道小小的疤痕在额头上。

"赫尔伯特公爵用银拐杖打了我的头。"我冷笑了一下，"我说自己怎么会昏过去的。"

"Quin，今晚带你去参观我的马场，来吧！"查尔斯阁下推开我的房门，拉着我穿过城堡的大厅，我抬头看着城堡镂空的穹顶，画匠们精细的画工让天花板上的圣经人物栩栩如生。"是宙斯。"我感叹着造物主的神奇。

他拉着我一直穿过花园，来到后院的马厩边，向我展示他的收藏品——他亲手饲养的马匹。

"要不要试一试？"他兴奋得像个孩子，指着眉心有一个闪电标志的白色混血马问我。

{ 239 }

第三幕　QUIN

"当然，这是我的荣幸！"我谦卑地半鞠了一下身子。

那天，我和查尔斯阁下骑着他珍贵的马匹穿越在城堡外地丛林中，他向我讲述他的家族故事，他的童年，以及他的仆人是如何愚蠢地偷吃他的浆果面包。

我被他层出不穷的故事逗得哈哈大笑，从未有过的放松和愉悦感清洗着我污浊的身体，我感觉自己又变回了人类，拥有灵魂的血肉之躯。

查尔斯阁下带着我来到一片布满鲜花的山坡，我们坐在山坡上，看着远处昏黄的城市。

"Quin，你居住的地方是什么样子？"他好奇地问我。

我看着天空，一轮皎洁的圆月已经升起。

"我不记得以前的生活了，"我看着天空数不尽的星星对他说。"我只记得，我醒来的时候，就看到了赫尔伯特公爵。他像你一样照顾我，给了我最好的食物和衣服，让我住在他的城堡里。"

"那你以前生活在哪里？"他又问我。

"我记不得了，只有模糊的记忆，好像以前的生活从来没有存在过一样。"我回答他说。

　　"我父亲经常对我说，我还没出生的时候，我的母亲就告诉他，将来我一定会成为这个国家的统治者。所以，从我很小的时候开始，我就没有离开过这里了。"查尔斯阁下指着远处的城市跟我说。

　　我侧过头，看着他的英俊的脸在星光下越发让人怜爱。

　　"你想去哪儿？"我问他。

　　他指着我身后的地方说："我想去斯特灵，听人说那里的山顶能看到整个苏格兰最大的月亮，我还想可以飞行在城市的上方，从每一扇窗户里看到不同的人们的生活，多有趣！"他像个孩子一样，用手比画着飞行的动作。

　　"我们回去吧，我累了。"我坐起来对他说。

　　他突然拉起我的手。"Quin，你会一直是我的好朋友吗？"

　　我看着他，想起了赫尔伯特公爵的嘱咐，想起了人类和狼人对我们的威胁。

　　"会，我会永远和你在一起，友谊会让我们的血液交织在一起。"我看着他说。

{ 243 }

第三幕 QUIN

那晚，我一个人坐在城堡的花园里，回想着查尔斯阁下对我讲述他的童年，想着那个曾经被我在饥饿中夺去生命的牧羊女，我也想起了赫尔伯特公爵。

"一切都会结束的。"我痛苦地对自己说，然后，我轻轻一跃便跳到了查尔斯阁下的卧房窗前。

他正在熟睡，酣畅的声音像个婴儿一般。

我轻轻推开窗户，走近他，在月光下注视着他。

"查尔斯阁下，谢谢你把我当作好朋友。"我轻轻地对他说。

然后，我在他的床边坐下，我用手轻轻摸着他英俊的脸，然后露出了两颗尖尖的牙齿，眼睛的青绿色盖过了月光。

可是，我却怎么也咬不下去。

"你的愚蠢会是你最大的敌人。"赫尔伯特公爵不知道什么时候已经出现了，他坐在窗台上对我讲。

我回头看着正在熟睡的查尔斯阁下。"我不想夺去这个无辜的好人的生命。"

"You fool（你这个傻子）！"赫尔伯特公爵冲上来掐着我的脖子，"我命令你，现在喝下他的血，他已经完全把你当作了他的朋友，现在喝下他的血，你就等于获得了他的能量！"他掐着我脖子的手还在继续用力。

我一把挣脱开他的手。"不，我不想杀了他！"说完，我便躲开他从窗台飞了出去。

我一个人来到花园的湖边，看着月亮在湖里的倒影。

"早在几百年前，我们血族也是只喝动物鲜血的族群。"赫尔伯特公爵坐在我身边，"那个时候，血族和人类还有狼族和平共存，每个族群都有自己的首领。我们血族的祖先该隐，他是一位非常伟大杰出的领袖。"

"可是，因为他后来的杀戮，他被人类称作撒旦的化身。"我对他说。

"那都是愚蠢的人类为自己洗刷罪孽的借口！"他生气地说。"人类首领突然的死亡，把矛头指向了狼人和我们血族，狼人趁机将责任推给了我们，所以我们血族才会遭遇屠杀。血族祖先该隐带领着我们的队

{ 245 }

第三幕　QUIN

伍与人类和狼人展开一场厮杀。他为了保护血族甚至不惜奉献自己的生命，直到那个时候，血族依然没有吸过人类的鲜血。"赫尔伯特公爵愤怒地咬着牙齿。

"那后来究竟发生了什么？为什么血族开始变成了人类眼里的恶魔？"我问他。

"该隐带着血族战败，在狼人的监视下离开了那片大陆，原本以为可以重新开始生活，没想到狼人和人类的猎杀队伍秘密潜入了我们的领地，将该隐和最后一只血族队伍灭杀了。我也是那个时候被另一个血族的首领带出来的，但是他已经不知去向了。后来，逃生出来的血族一气之下，开始靠吸食人类的血液为生，没想到吸食人类血液之后的血族力量倍增，从此便一发不可收拾，但是也仅仅是为数很少的血族了。"他看着宁静的湖面，话语开始恢复平静。

我抬起自己的双手。"所以，你的意思是说，我们才是最终的受害者。"

赫尔伯特公爵笑着。"不，只要你完成这个课程，你就可以跟我一样获得足够强大的能力，就不用再惧怕他们。"他兴奋地说。

"查尔斯阁下已经身患重病，就算你不杀他，他也一样会在病痛中死去。"赫尔伯特公爵继续说道，"如果你下不了手，就证明你已经不再是我忠实的仆人和朋友，也不配再做我初拥的血族，我会亲手杀了你。"

说完，他就消失不见了。

那天后，查尔斯阁下便卧床不起了，我每天会采集新鲜的浆果带给他，夜晚背着他骑马去城外的山坡上看星星，却始终对他下不了手。

"查尔斯，如果有一天，我要离开你，你会恨我吗？"我问他。

他艰难地坐直身子看着我。"Quin，你要离开我吗？"

我没有回答他。

夜晚，查尔斯熟睡，我悄悄从窗户进入了他的房间。

"亲爱的查尔斯阁下，醒一醒。"我轻轻摇着正在酣睡的他。

他轻轻地揉揉眼睛，看到是我，便立刻笑逐颜开地撑着身子坐起来。

{ 247 }

第三幕 QUIN

"Quin，你怎么进来的？来找我聊天吗？"他略带兴奋地对我说，苍白的面孔不时咳嗽着。

我坐在他的床边，解开身上的斗篷。

"查尔斯阁下，我最亲爱的朋友，我是如此爱戴着你。"我拉着他的手，看着他说。

他摇了摇我的胳膊。"Quin，你也是我最好的朋友，告诉我，你怎么了？"他问我。

我站起身，绕过他走到床尾，看着他。

"查尔斯，我要给你表演一个魔术。"说罢，我从身后拿出一把锋利的餐刀。

查尔斯兴奋地拍着手。"太棒了，快给我看看吧！"

我看了他一眼，然后低下头，拿起餐刀在胳膊上重重地划了下去，鲜血顿时喷涌出来。

"不！"查尔斯见我被割伤，连忙挣扎着身子扑过来，抓起我的胳膊。

可是，等他拿起我的胳膊，刚才的伤口已经不见了。

{ 249 }

第三幕　QUIN

　　他来回查看了好多遍，突然像个孩子一样开心地大笑起来。"哈哈哈，好棒的魔术，Quin，你好棒！"他开心得像个孩子。

　　我把他扶回床上，然后重新坐在他身边。

　　"查尔斯阁下，我要离开你了。"我对他说。

　　"为什么？"他突然止住了笑声，撑起身子问我。

　　"我给你讲个故事吧！"我对他说。"很多年前，有一个对自己的身世一无所知的人，他被一个公爵收留，后来得知这个公爵是血族，并且在自愿的情况下被他初拥，也成为血族的人。可是他为了保留仅存的一点人性和良知，一直拒绝食用普通百姓的鲜血。后来，这个人在主人的要求下，来到了英格兰，被要求去吸食一位王室贵族的鲜血，可是他发现，这个王室的贵族为人充满了善良和宽容，他不忍心下手，因为他已经把这个贵族当作自己生命中最重要的一部分。所以，最终他选择离开，因为他不想因为自己而伤害到这个王室贵族。"

　　查尔斯阁下听完我的故事，怔怔地愣在那里，然后紧接着便是一阵大笑。

　　"哈哈哈哈，Quin，你一会儿给我表演魔术，一会儿给我讲故事，你真是最好的朋友！"他大笑着看着我。

我拿起查尔斯床头的餐具。"查尔斯阁下，这是纯银的餐具，血族是不能被银器划伤的，划伤后如果不喝人的鲜血，我就会死掉。"

说完，我用银质的叉子在胳膊上插了下去。

顿时，刺鼻的火烧味儿和鲜血喷涌而出，我痛苦地捂住伤口，可是伤口自己逐渐扩大，完全没有愈合的意思。

查尔斯被眼前的一幕惊呆了，愣了片刻他吓得缩在床脚，不停地发抖。"不，你不要伤害我！"他开始害怕我了。

我忍不住痛苦地呻吟着："查尔斯阁下，我不会伤害你的，你是最善良的人，所以我才会今天来跟你道别！再见了我的朋友。"

说罢，我站起身，准备离去。

查尔斯像是突然想起了什么，他再次挣扎着挪过来，一把抓住了我的衣角。

"不，Quin，你是我最好的朋友，你不会伤害我，即使你是血族！"他红着眼睛看着我，然后伸出胳膊，把衣服撩了起来，"你喝我的血吧，我不怕！"

第三幕　QUIN

我刚想说什么，却被伤口钻心的疼痛疼昏过去了。

不知过了多久。

"嘿，你终于醒过来了！" 我轻轻睁开眼睛，是查尔斯诡异的笑容。

我坐起身来，发现胳膊上的伤口已经不见了。

"我救了你，所以你以后不可以离开我了！我是你的救命恩人！"查尔斯笑着看着我。

突然，我想起了赫尔伯特公爵的话。

我惊愕地站起来，仔细感受着身上的变化。

听觉正常，视力也和以往一样，也没有听到任何人的心声。

查尔斯被我的举动弄得一头雾水。"你怎么了？不舒服吗？"他问我。

我一脸纳闷地看着他。"之前赫尔伯特公爵告诉我，我一旦吸食了你的鲜血，便可以学会读心术，能力也会被增，可我并没有觉得自己有什么异常。"我对他说。

"说不定他是在骗你，以后你不用回去了，就在这里生活吧！"他笑着对我说。

我无奈地看着他，笑了笑。

"这样也好，也许是他错了。"我心里想。

从那天起，我便和以往一样，每天为查尔斯阁下摘新鲜的浆果，给他讲山下城市里面百姓的各种生活趣事，可是他的身体却一天不如一天。

{ 253 }

第三幕 QUIN

进化

太阳刚落山，我便从花园里摘了最新鲜的玫瑰，打算插好给查尔斯拿过去。

"你以为离开了我，你就是人类了吗？蠢蛋！"赫尔伯特公爵从我身后拿起一枝玫瑰，放在鼻子上闻了闻。

我惊吓得一下跳到床边。"尊敬的赫尔伯特公爵，我不想伤害他。查尔斯阁下是一个好人，我已经喝了他的鲜血，可是并没有任何作用，您一定是认错人了！"我吓得连忙对他解释道。

赫尔伯特公爵听完，哈哈大笑着："我没有你那么愚蠢的智商！可笑的人类良知让你冲昏了头脑！"

他把玫瑰扔在地上，突然出现在我的面前，我可以听到他平稳的呼吸声和我急促的喘息声。

"你听着，查尔斯的鲜血一定要在他清醒的情况下，你主动吸食才

{ 255 }

第三幕　QUIN

会有效，你以为他喂的你那一点疗伤的鲜血就够了？趁着他还没有死，你必须立刻去吸光他的鲜血！"他逼迫我说。

我听完，痛苦地跪倒在地上。"尊敬的赫尔伯特公爵，求您不要再逼我伤害他，我可以跟着您离开，我可以去吸其他贵族的鲜血，我答应您！"我恳求他道。

他听完，一把跃上前，紧紧地掐住了我的脖子，我几乎喘不上气。

"你听着，这是我给你的最后机会，如果今晚你依然不动手，我就杀了你们两个！"他恶狠狠地对我说，然后就消失了。

我跪在地上痛不欲生地哭泣着，花瓶里的玫瑰娇艳欲滴，像鲜血一样刺痛着我的心。

我端起刚插好的玫瑰，朝着查尔斯的房间走去。

"嘿！查尔斯！"我来到查尔斯的床前，把他轻轻扶起身来。

"我们一起离开这里吧！"我轻轻地抚摸着他的头发说。

他微笑着看向我，眼睛像湖水一样泛出清澈的蓝色。

"去哪儿呢？我的病很重，我哪儿都去不了。"他伤心地看着我。

我学着他在山坡上对我讲故事时的样子，一边比画着一边对他说。

“我们可以这样飞着去斯特灵，我可以带你去看苏格兰最大的月亮，飞过每一家百姓的窗前，让你看不同的人和不同的生活。”我开心的对他说。

听完这些，他眼睛里的蓝色泛起了涟漪。“真的吗？我可以吗？”他问我。

“当然，只要你想。”我对他说。

他把手放在我的手心里。“可是，你不需要我的鲜血了吗？赫尔伯特公爵不会强迫你了吗？”

我站起身，走到窗前，看着窗外的月亮。“不会了，我们可以一起去很远很远的地方，他们找不到我们的地方。”

“好啊，太好了，我们现在就出发吧！”他艰难地对我说，急促的喘息声让他不断地咳嗽着。

我开心的回应着他，然后帮查尔斯阁下穿好衣服，准备出发。

“你说，我们看完斯特灵的月亮，下一站去哪儿呢？”他开心地问我，像个孩子一样晃动着脚。

“怎么，这么快就决定搬家了？”赫尔伯特公爵的声音从我背后

{ 257 }

第三幕 QUIN

传来。

我条件反射般地迅速转过身，用自己的身体挡在查尔斯阁下，然后露出了两颗锋利的尖牙，眼睛瞬间变成青绿色，凶恶地注视着赫尔伯特公爵。

他看到我的样子，冷笑了一声，走到床边坐下。"Come down（下来）。"他像驯服野兽一样，朝着我比画了一下。

我没有收敛自己随时准备反击的举动，反而更加警惕他的一举一动。"赫尔伯特公爵，抱歉，我不能完成你的使命。"我对他说。"查尔斯阁下已经非常虚弱了，我要带他离开这里，请您放过我们吧！"我恳求他。

"那我呢？你的救命恩人，你就这么抛下我，背叛我？"他长叹了一声，转头问我。

"对不起，就算我变成了强大的血族，体内流淌着血族的血液，我依然有人类的良知，我不能加害自己的朋友！"我回答他说。

他咯咯地笑了一声，用手绢捂住了嘴，"你体内有我的血液，你走到哪里我都会找到你的。蠢货！"

我无奈地瘫倒在床边。"赫尔伯特公爵，如果我的行为让您痛恨，请您杀掉我，但是请您放过查尔斯阁下，他真的是一个好人！"我继续对他说。

赫尔伯特公爵看了一眼在我身后惊吓过度的查尔斯，然后对我说："你不可能离开这里的，放弃吧，除非你可以杀死我。"

我盯着眼前的赫尔伯特公爵，转身再看了看满脸泪痕的查尔斯阁下，然后我支撑起自己的身子，对赫尔伯特公爵说："那今晚，我就只能这么做了！"

说完，我的双眼再次露出青绿色的凶光，吼叫着冲赫尔伯特公爵冲了过去。

他好像知道我要进攻一般，瞬间消失在我眼前，我扑空了。

我转身在房间里寻找着他的身影，我知道他一定还在这个房间里。

"知道你为什么永远在我眼里都这么蠢吗？"他的声音突然出现，然后我被一股巨大的力量死死地掐住，卡在墙上，不能动弹。

我努力睁开眼睛，看到赫尔伯特公爵的右手死死地掐住我，眼睛凶狠地盯着我。

第三幕 QUIN

任凭我怎么挣扎，都不能逃出他的控制，他实在太强大了。

"既然你不能完成我交给你的使命，也不能适应我们血族的生活，那我今天就杀了你。"说完，他拿起手里的银拐杖，随时准备插入我的心脏。

"不！"突然，他大吼一声，痛苦地摔倒在地上，头发瞬间变白，整个身子蜷缩得像一个贝壳，喉咙里发出干吼的声音，然后他的脸一点一点地干枯，最后像干尸一样挺立在地上，再也没有动静。

我抬头看过去，查尔斯阁下怔怔地愣在赫尔伯特公爵背后，手里的纯银刀子掉在地上，发出清脆的落地声。

"我们快点离开这里！查尔斯阁下！"我拉起他，把他放在身后，背起他就朝窗外飞去。

逃出了城堡的区域，查尔斯在我背上突然兴奋地大喊："哈哈，Quin，我刚才杀掉了他，我们自由了！"

我回头看着他，然后降落在城外的护城河边。

"查尔斯阁下，你很勇敢，谢谢你救了我。" 我对他说。

他虚弱地坐起来。"我们自由了，不是吗？以后都不用再害怕他了！”他问我。

“也许吧。”我不确定地看向城堡的方向。“赫尔伯特公爵是初代血族，虽然银器可以让我们受到重伤，但是我不确定是否可以要了他的性命。”我忧虑地说。

“没想到你比我想象中要聪明那么一点。”突然，赫尔伯特公爵出现在我面前，用力甩了一下斗篷，把我打在地上。

我痛苦地看向查尔斯，他正在吓得浑身瑟瑟发抖。

“你究竟要怎么样？”我问赫尔伯特公爵。

他用手绢擦拭着嘴角的鲜血，“如果不是刚才你的仆人听到打斗声进来，我可能已经死在你的城堡里了。”他轻蔑地看了一眼身边的查尔斯阁下。

“就算你今天杀死了我，我的臣民也会找你报仇的！”查尔斯阁下对他说。

赫尔伯特公爵听完以后，哈哈大笑。“愚蠢的人类，还像几百年前一样喜欢虚张声势地叫嚣，内心像鼠辈一样丑陋不堪！” 他看着查尔斯阁下说。“既然你不怕死，那我就杀了你，再杀了你的好朋友。”说

{ 261 }

第三幕 QUIN

完，他闪电一样冲到查尔斯阁下身边，魔爪一样的手一下插进了查尔斯的身体里。

"不要！"我大吼着冲过去，抱起查尔斯阁下。

"Quin，你快跑吧，我的朋友！"查尔斯阁下奄奄一息地对我说。

我看着他一息尚存的样子，感受到自己胸腔里的怒火像喷射的火山一样汹汹地燃烧着，这股火焰一直烧到我的眼睛，像是要把我整个人燃烧一样。我冲着天空怒吼，惊吼声让远处的丛林里飞起一大片乌鸦。

"哈哈，这一声还不错。"赫尔伯特公爵看着我，冷笑着说。

我愤怒地瞪着他，眼睛里的火焰似乎要将他撕裂。

我低下头，看着怀里虚弱至极的查尔斯阁下。"查尔斯，我的好朋友，请你相信我，我将永远和你在一起！"

说完，我怒吼着伸出两颗尖利的牙齿，一口咬在了查尔斯阁下的脖子上。

愤怒的烈焰让我大口大口吮吸着查尔斯的血液，我感到一股一股的热血突破喉管一直到胃底，从未有过的灼热感再次冲袭着我的身体，我感到一股能量开始贯穿整个皮囊。我一把甩开查尔斯阁下，又是一声撕裂般的怒吼。

赫尔伯特公爵被眼前的景象惊呆了，他连忙向后倒退了一步。

我的身体随着体内的能量慢慢上升，我闭上双眼，任凭它在我的体内流窜。我睁开眼睛，凶恶地盯着地面上的赫尔伯特公爵。

"这就是你想要的，不是吗！"说完，我从口中喷出一股火焰，巨大炙热的火团冲着赫尔伯特公爵冲过去，把他击倒在地上。

赫尔伯特公爵苦笑着坐起来。"Quin，你还是做到了，你成功了！"他看着我说。

我落回地面，刚才的火焰灼伤了我的脸，我的双眼痛苦得不能张开。

"你的眼睛很快就会变成紫金色，恭喜你，我们的新首领。"
我突然愣在原地。

"这个声音……这个声音……是……"我不敢相信自己的耳朵。
……

"是……查尔斯阁下？"我问。

第三幕 QUIN

"是我，我最亲爱的朋友。"这个声音又回答道。

我猛地睁开眼睛，青绿色的双眼不见了，紫金色的瞳孔在月光下熠熠生辉。

查尔斯阁下站起来，他走到赫尔伯特公爵的身边，把他从地上扶起来。

"你们……这是为什么！"我怒吼着问他。

赫尔伯特公爵走到我身边，将身上暗红色的斗篷披在我的身上。然后，他和查尔斯阁下一起走过来，半跪在我面前，恭敬地伸出了他们的右手。

"Quin，血族的新首领，请您原谅我们的行为。"查尔斯阁下说。

我愣在原地，尚存的愤怒让我的拳头依然紧紧握着。

"从你到来的第一天，"赫尔伯特公爵说，"从你到来的第一天，我们就知道，你是该隐派来拯救我们的。"

"你的身体拥有着与生俱来的生命力，我和赫尔伯特公爵是在冰石中发现你的。"查尔斯阁下继续说道。"我们将你从冰石中救出，但是你没有任何记忆，所以我们更加确定，你一定是该隐的特使。"

第三幕　QUIN

我仔细回忆着他们的话，冰石，是的，冰石，但仅此而已，我没有任何记忆。

"人类和狼人的猎杀队伍从未放弃对血族的追杀，当时该隐被灭杀后，只剩下我的队伍和查尔斯阁下的队伍了，但是我和查尔斯阁下都不是该隐最终选中的那个人，所以我们没有办法重新领导血族。"赫尔伯特公爵说。

"从你被初拥的那一天起，我们更加坚信了你的能力，而血族最高首领，一定要具备读心术和重生的能力，但是这需要首领在嫉妒暴怒的情况下，吸食初代血族长老的血液，才可以蜕变重生。"他继续说道。

我伤心地看向查尔斯阁下，"所以，你才让我变成你的朋友，让我把自己的生命和你紧紧联系在一起，仅仅是为了让我在失去你的时候可以愤怒，是吗？"我愤怒地斥责他道。

"只有这样，你吸食了我的血液，才会变成血族的首领！"查尔斯阁下走上来，把手搭在我的肩膀上。

"你们太自私了，我只不过是你们手里的棋子。"我伤心得冲着他们两个哭泣。

{ 267 }

第三幕 QUIN

赫尔伯特公爵把手里的银质拐杖放在我的手心里。"Quin，血族需要你，我们必须为了这个种族去不停地奋斗和争取。如今你已经拥有至高无上的权利和力量，希望你能带领我们重新夺回领土！"他目光坚定地看着我。

我低头看着手里的拐杖，感受着披风被微风吹起的感觉。

"我需要怎么做？"我问他们。

查尔斯阁下和赫尔伯特公爵重新恭敬地跪在我面前。"尊贵的首领，我们要离开您，去新大陆找寻其他血族的踪迹，为您重新组织一支强大的血族军队，辅佐您重新夺回血族的一切！"他们抬头坚定地看向我。

别离

三年后，查尔斯阁下和赫尔伯特公爵的血族部队与我在伦敦会合，与狼人和人类展开了长达半年的殊死战斗。

狼人在战斗中依然心存侥幸，却不想被人类的首领趁机消灭，他们的种族被再一次驱逐。

我带领血族，在赫尔伯特公爵和查尔斯阁下的指挥下，荣耀地夺回了战争的主动权。

赫尔伯特公爵在最后一战中不幸牺牲。

战后，血族与人类签订了和平协议，约定彼此和平共处，永不开战。

我和查尔斯阁下离开伦敦，重新回到了苏格兰生活。

"想骑马吗？"皎洁的月光映衬着他英俊的面庞，查尔斯阁下在我面前微笑着鞠了一个躬，谦卑地向我伸出右手邀请。

{ 269 }

第三幕 QUIN

"好啊，这是我的荣幸。"我像当年一样回答他。

我们一路骑马奔驰，穿过荒漠的草坪，一路飞驰到爱丁堡。

"接下来，我们做点什么呢？"我看着远处的火车，问查尔斯阁下。

"人类的文明在发展，我们需要融合进他们的社会，活成彼此的样子，不正是对血族最长久的保护吗？"查尔斯阁下说。

我被他的话题勾起了兴趣，兴奋地问他："那我们都需要做些什么呢？"

他把手搭在我的肩膀上。"下个月有一艘货船就要离开这里了，我们跟着货船出海，去其他国家做生意，开始新的生活。"

"去哪儿？"我问他。

他笑了笑，指着海岸的方向对我说：

"中国。"

沈煜伦

嘿！过得还好吗？

嘿！过得还好吗？

━━━

夜深了，我在新加坡写完了整本书的最后一章。

那些从前的回忆只活在键盘上面，絮絮叨叨的记忆，终于要公之于世了。

我回头看了一眼书架上和他当时在苏格兰的照片。

"嘿！过得还好吗？"

（未完待续）

后记

"我连流眼泪都不想让你看到，你又怎么可能明白我有多喜欢你。"

这是我在上一本书《爱是一种微妙的滋养》里面写的一句话。

我们的人生可以经历多少次的辉煌，就注定会有多少次的磨难，而这些磨难，必然渗透到各个层面，比如爱情、事业、家庭，还有友谊。

年前，姥爷查出贲门癌，全家人的生活重心从此改变。我们变得焦虑、忧愁，时刻都在寻找解决的办法。

姥姥七十多岁的人，每天晚上以泪洗面，头发不到一个星期就变得全部花白。

老妈和亲戚们跑前跑后，试遍了所有医疗手段和民间偏方。

其实，大家都明白，所有的努力最终都将化为徒劳。

只是，为了爱的人，努力到最后一刻也不会觉得辛苦。

于是，我和妈妈带着姥姥、姥爷去了三亚。在不知道自己病情的情况下，姥爷像个孩子一样在海边放声大喊，吃自助餐吃到发撑，拍照拍到走不动路。

只有一个细节我注意到了：从济南飞到三亚的四个多小时的航程里，姥爷始终没有合眼，一直在盯着窗外的蓝天和白云。

我想，其实在一开始，他就知道，人生的美景也许会就此停住，所以才要把这些铭刻在心里。

我们需要最扎实的回忆，来支撑最绝望的时刻。

其实，这个世界是多么的美好啊！

尽管生活中有那么多不如意，可是我们同时在收获各种爱，家人的、朋友的、爱人的，无穷无尽的爱。

所以，想到这些，连死亡都变得不再恐怖。

感恩、期许。

愿各位：平安、快乐、自在。

图书在版编目（CIP）数据

四世生花 / 沈煜伦著. — 长沙：湖南文艺出版社，2016.8
ISBN 978-7-5404-7718-9

Ⅰ.①四… Ⅱ.①沈… Ⅲ.①言情小说—中国—当代 Ⅳ.①I247.5

中国版本图书馆CIP数据核字（2016）第175356号

上架建议：畅销·青春文学

SI SHI SHENG HUA
四世生花

作　　者：沈煜伦
出 版 人：刘清华
责任编辑：薛　健　刘诗哲
监　　制：毛闽峰　李　娜
特约策划：杨清钰
特约编辑：马玉瑾
营销编辑：王钰捷　贾竹婷　雷清清
装帧设计：利　锐
出版发行：湖南文艺出版社
　　　　　（长沙市雨花区东二环一段508号　邮编：410014）
网　　址：www.hnwy.net
印　　刷：北京盛通印刷股份有限公司
经　　销：新华书店
开　　本：700mm×995mm　1/16
字　　数：146千字
印　　张：18.5
版　　次：2016年8月第1版
印　　次：2016年8月第1次印刷
书　　号：ISBN 978-7-5404-7718-9
定　　价：49.80元

质量监督电话：010-59096394
团购电话：010-59320018

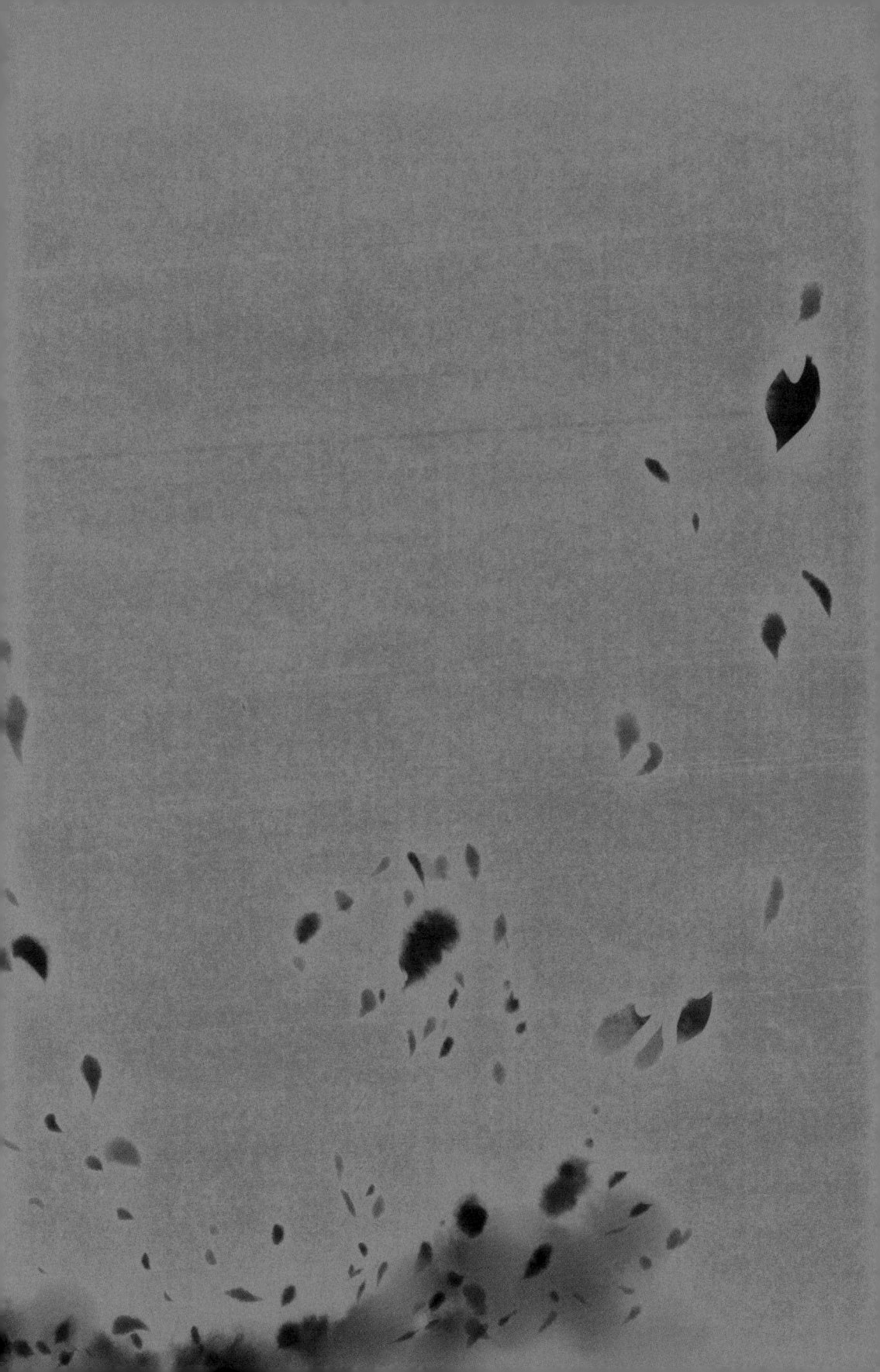

QUINTUS

每个人的故事都需要一个结局，
在错综复杂里前进，
在满载而归中结束，
微笑着和自己告别。